Ch. Hopfeld

Seit 1993 hat **Usch Hollmann** mit ihrer münsterländischen Kunstfigur „Lisbeth" zunächst mit wöchentlichen Kolumnen bei verschiedenen Lokalsendern eine große Hörerschaft erobert und mit zahlreichen Live-Auftritten ihr Publikum begeistert. In der Folge sind ihre „Büchskes" zu regionalen Bestsellern geworden. Im münsterischen Solibro Verlag (früher NW Verlag) erschienen in zusammen bislang zwölf Auflagen. *Hallo Änne, hier is Lisbeth ...* (1996), *Wat is uns alles erspart geblieben!* (1998) und *Dat muss aber unter uns bleiben!* (2006). Zwei anrührenden Weihnachtserzählungen mit dem Titel *Spekulatius und Springerle* (2002, vergriffen) bewiesen, dass ihr auch leise Töne gelingen. Ein Kinderbuch mit dem Titel *Stoffel lernt spuken* (mit einer Übersetzung ins Plattdeutsche von Käthe Averwald) liegt seit 2004 vor. Ein weiteres Lesevergnügen, *Aber das wär' doch nicht nötig gewesen! Heitere Geschichten vom Feiern*, erschien 2008. Im neuesten Buch, *Stille Nacht light. Weihnachtliche Erzählungen* (2012), sind bereits bekannte, aber vor allem neue kurzweilige Weihnachtsgeschichten von Usch Hollmann zusammengefasst. Viele Jahre trat sie parallel mit der von ihr gegründeten Kabarettgruppe *Fünf freche Frauen* auf. Im Jahre 1999 wurde ihr für ihr vielseitiges Engagement der Kulturpreis des Kreises Steinfurt zugesprochen.

Usch Hollmann

Stille Nacht *light*

HUM☺RIS CAUSA

Herausgegeben von Wolfgang Neumann

1. Matthias Menne: **„Also, wenn Sie mich fragen ..."**
Neues vom „Nörgler" bei radio Antenne Münster (1995-1996)
Münster: Solibro (ehem. NW-) Verlag 1996
ISBN 978-3-9802540-5-2

2. Usch Hollmann: **„Hallo Änne, hier is Lisbeth ..."**
Die besten Telefongespräche der Quasselstrippe aus dem
Münsterland. Münster: Solibro Verlag 7. Aufl. 2006 [1996]
ISBN 978-3-9802540-6-9

3. Usch Hollmann: **„Hallo Änne, hier is Lisbeth ..."**
Texte & Lieder von Usch Hollmann
Münster: Solibro (ehem. NW-) Verlag 1997
a) CD: ISBN 978-3-932927-11-9 b) MC: ISBN 978-3-932927-12-6

4. Usch Hollmann: **„Wat is uns alles erspart geblieben!"**
Neue Geschichten von Lisbeth aus dem Münsterland
Münster: Solibro Verlag 2. Aufl. 2005 [1999] ISBN 978-3-932927-13-3

5. Augustin Upmann / Heinz Weißenberg: **Bullemänner**
Münster: Solibro Verlag 2003
ISBN: 978-3-932927-19-5

6. Helge Sobik: **Urlaubslandsleute**
... jede Menge Vorurteile für die Reise
Münster: Solibro Verlag 2. Aufl. 2006 [2006]
ISBN: 978-3-932927-30-0

7. Usch Hollmann: **„Dat muss aber unter uns bleiben!"**
Noch mehr Geschichten von Lisbeth aus dem Münsterland
Münster: Solibro Verlag 2006
ISBN 978-3-932927-31-7

8. Helge Sobik: **Urlaubslandsleute 2**
... noch mehr Vorurteile für die Reise
Münster: Solibro Verlag 2007
ISBN: 978-3-932927-34-8

9. Usch Hollmann: **„Aber das wär' doch nicht nötig gewesen!"**
Heitere Geschichten vom Feiern
Münster: Solibro Verlag 2008
ISBN 978-3-932927-41-6

10. Usch Hollmann: **Stille Nacht *light***
Weihnachtliche Geschichten
Münster: Solibro Verlag 2012
ISBN 978-3-932927-51-5

Usch Hollmann

Stille Nacht light

Weihnachtliche

Geschichten

solibro verlag

MIX
Papier aus ver-
antwortungsvollen
Quellen
FSC® C014496

verlegt. gefunden. gelesen.

SOLIBRO

ISBN 978-3-932927-51-5

1. Auflage 2012 / Originalausgabe

© SOLIBRO® Verlag, Münster 2012
Alle Rechte vorbehalten.

Umschlaggestaltung: *Cornelia Niere, München*
Motiv Weihnachtsmann (U1): © *Penelope Edgar/Corbis*
Motiv Hund (U4): © *iStockphoto.com/walik*
Foto der Autorin: © *Kerstin Heil, Münster*
Druck und Bindung: *GGP Media GmbH, Pößneck*
Gedruckt auf chlorfrei gebleichtem
und säurefreiem Papier.

www.solibro.de

Inhalt

Stille Nacht light

Es regnete den ganzen Tag. Novemberwetter! Trotz Regenschirm kam ich durchnässt und durchgefroren nach Hause. Ich hängte Mantel und Mütze zum Trocknen an die Garderobe, zog die Schuhe aus und holte ein paar alte Zeitungen aus dem Korb für Altpapier, denn – das hatten wir schon als Kinder gelernt – nasse Schuhe soll man mit Zeitungspapier ausstopfen.

Ich riss eine Seite heraus und wollte sie eben zusammenknüllen, da fiel mein Blick auf eine dicke Überschrift: „Jubel über den ersten Schnee in den Bergen!" Wie ungerecht – und bei uns im Flachland schüttet es wie aus Eimern! Ich ballte das Papier zu einer lockeren Kugel zusammen und stopfte damit den linken Schuh aus.

Ehe ich mit der nächsten Seite und dem rechten Schuh ebenso verfahren konnte, fesselte mich eine zweite, deutlich kleiner aufgemachte Zeile:

„Weihnachtsmuffel haben's schwer".

Wer oder was sind Weihnachtsmuffel? Neugierig fing ich an zu lesen.

In einem ausführlicher Artikel hatten sich namhafte Soziologen, Psychologen und Anthropologen viele kluge, nachvollziehbare Gedanken gemacht und waren sich darin einig geworden, dass – Zitat: „Unsere altüberlieferten Weihnachtsrituale einen Fluss von Emotionen auslösen, der Menschen miteinander verbindet". Deshalb gelte man schnell als „Weihnachtsmuffel", also als Außenseiter, wenn man Gemeinschaft und Nähe nicht aushalten könne und deshalb brauche man möglicherweise sogar psychologische Hilfestellung. Den „Weihnachtsfreaks" hingegen, die der Ansicht sind, dass Weihnachtsgeschenke – viele Geschenke! – als „Kitt für ein friedliches Zusammenleben" unerlässlich sind, sei in diesen Wochen dringend eine adventliche Entschleunigung anzuraten. Das Fest der Liebe könne sonst durch vorweihnachtlichen Stress schnell zu einem Desaster ausarten.

Nachdenklich glättete ich die schon arg zerfledderte Zeitung und überlegte: Bin ich ein Weihnachtsmuffel? Womöglich sogar eine Außenseiterin? Kann ich Gemeinschaft und Nähe gut aushalten?

Ich riss eine weitere Seite heraus und stopfte sorgfältig auch den zweiten Schuh aus.

Nein, ich bin zwar kein ausgesprochener „Weihnachtsfreak", aber ein „Weihnachtsmuffel" bin ich deshalb noch lange nicht. Ich kann Nähe gut aushalten. Ich freue mich sogar darauf, meine Familie und gute Freunde um mich zu haben. Die Vorweihnachtszeit jedoch empfinde ich seit langem als eher belastend und überhaupt nicht gemütlich, geschweige denn besinnlich, trotz Adventskranz und Kerzenlicht und Plätzchenbacken. Immer diese Hektik, von der man sich allzu leicht anstecken lässt. Wenn ich nur an den von angesagten Stilberaterinnen jährlich neu verordneten Deko-Stress für den Tannenbaum denke: Unsere seit immer und ewig verwendeten roten Kerzen und Kugeln gelten inzwischen als bestenfalls grenzwertig, seien aber genau genommen ein absolutes „No-go". In diesem Jahr sei eine violette Deko ein „Must-Have".

Frechheit – was fällt diesen Tussis ein? Wer ernennt sie überhaupt zu „angesagten Stilberaterinnen"? Das jahrzehntelang totgesagte Lametta als Schmuck für den ultimativen Tannenbaum sei hingegen wieder „mega-in", seit es der chemischen Industrie gelungen ist, die glänzenden, spaghettilangen Fäden aus umweltfreundlichen Substanzen herzustellen. Jedoch gelte das Dekorieren der Christbaumzweige mit Engelhaar aus weißglänzender Glaswolle als ein absolut unverzeihliches „Not-to-do".

Wie bitte? Ich liebe Engelhaar – seit den längst vergangenen Kindertagen gehört Engelhaar zu unserem Weihnachtsbaum, und das soll ich mir ausreden lassen? Soweit kommt das noch …

Bin ich ein Weihnachtsmuffel, wenn mich die vielen Weihnachtsfeiern anöden? Und die Dauerberieselung mit Weihnachtsliedern in den Kaufhäusern? Und die vielen Weihnachtsmärkte, die alle mehr oder weniger dasselbe anbieten?

Wer immer mir in dieser Zeit über den Weg läuft, klagt über fehlende Geschenkideen, über die jährliche wachsende Flut von Bettelbriefen in den Briefkästen – und alle fühlen sich gehetzt und genervt und überfordert. Und ich? Ich las den Artikel noch einmal sorgfältig durch. Also das mit der adventlichen „Entschleunigung", wozu die Soziologen, Psychologen und Anthropologen raten, das nehme ich mir schon seit Jahren vor. Ich will mich nicht immer wieder von vorweihnachtlicher Hektik anstecken lassen – aber meistens bleibt der gute Vorsatz auf der Strecke und ich hetze doch wieder mit einer endlos langen Einkaufsliste durch die Läden. Aber dieses Jahr soll alles anders werden. Dieses Jahr ziehe ich das mit der Entschleunigung durch, aber hallo! Ihr Soziologen, Psychologen und Anthropologen: Auch wenn ich weiß Gott kein „Weihnachtsfreak" bin – bei mir fallen eure mahnenden Worte auf fruchtbaren Boden! Jetzt gleich fange ich mit der adventlichen Entschleunigung an.

Ich stellte meine mit Zeitungspapier vorschriftsmäßig ausgestopften Schuhe zum Trocknen auf die Kellertreppe und goss mir erst einmal einen Wintertee mit Zimt- und Bratapfelaroma auf. Schluss mit Stress und Hektik!

Am nächsten Tag bummelte ich – total entspannt im Hier und Jetzt – durch die Stadt. Auch das Wetter hatte sich beruhigt. Weder Bratwurstdüfte noch aufdringliche Weihnachtsmänner konnten mich aus der Ruhe bringen. Und wen treffe ich im Gewühle? Eine Schulfreundin aus längst vergangenen Tagen – Marlies. So eine Überraschung!

„Gehen wir einen Kaffee trinken?"

„Na klar, obwohl – eigentlich habe ich keine Zeit. Wer hat zwei Wochen vor Weihnachten als Hausfrau und Mutter schon Zeit und Muße zum Kaffeetrinken?!" Marlies machte einen gestressten Eindruck, und ich sah das Treffen mit ihr als eine günstige Gelegenheit, mein erst kürzlich erworbenes neues Wissen über die Notwendigkeit einer adventlichen Entschleunigung an den Mann bzw. – in diesem speziellen Falle – an die Frau zu bringen.

Es gelang mir, sie davon zu überzeugen, dass wir aus mehreren Gründen die unverhoffte Gelegenheit zu einer gemütlichen Plauderstunde nutzen sollten.

Wir fanden einen Platz in der hintersten Ecke eines Cafés. „Zwei Tassen Kaffee bitte", und schon ging es los: „Wie geht es dir? Was machen die Kinder? Wohnt ihr immer noch im elterlichen Haus?" Fragen über Fragen, hin und her. „Und wie geht's deinem Mann, Ludger?" Marlies seufzte. „Auf den bin ich im Moment nicht gut zu sprechen, der macht mich zu all dem Weihnachtsstress noch zusätzlich nervös … dabei hat er mir gestern eine ‚Stille Nacht *light*' angekündigt."

Stille Nacht *light*? „Wie muss man sich die vorstellen?" Marlies seufzte wieder.

„Er will Weihnachten kochen."

„Und? Das ist doch eigentlich ein nettes Angebot. Was spricht dagegen?"

„Was dagegen spricht? Ludger hält sich für den hiesigen Eckart Witzigmann. Und das, obwohl er nicht täglich Schickimickifutter in einem feudalen Fresstempel für zahlungskräftiges Publikum kocht, sondern höchstens alle Jubeljahre mal in der hauseigenen Küche etwas für die hauseigenen Esser brutzelt, streng nach Rezepten aus dem Internet und getreu seinem Motto: Wer lesen kann, kann auch kochen. Um ehrlich zu sein: Meistens kocht er erstaunlich gut, aber es misslingt natürlich auch einiges, und – das ist das eigentliche Problem – er hat kein Gespür für die erforderlichen Mengen. Meistens kocht er Portionen, mit denen man das halbe Vaterland verköstigen könnte."

„Aber ihr habt doch bestimmt eine Gefriertruhe, warum frierst du den Überschuss nicht ein?"

„Darf ich nicht. Durch den Prozess des Einfrierens gingen wertvolle Aromen flöten, behauptet Ludger … so ein Quatsch, aber er lässt es sich nicht ausreden. Und deshalb müssen wir oft, wenn Ludger gekocht hat, drei Tage hintereinander dasselbe essen, bis es uns zum Hals heraushängt. Aber zu seiner Rechtfertigung zitiert er immer Wilhelm Buschs Witwe Bolte: *Wofür sie besonders schwärmt, wenn es wieder aufgewärmt.* Unsere Geschmacksnerven müssten verkümmert sein."

Marlies kam in Fahrt. Wir bestellten zwei weitere Tassen Kaffee.

„Und jetzt hat er sich zu Weihnachten als Koch angeboten, angeblich um mich zu entlasten. Ich solle einmal ganz entspannt und ohne Küchenstress Weihnachten feiern können. Außerdem hätten wir bei den vielen Weihnachtsessen alle zugenommen, deshalb wäre in diesem Jahr zum Fest der Liebe ‚Stille Nacht *light*' angesagt, besonders was das Essen anbetrifft: Vorspeise *light*, Hauptgericht *light*, Nachtisch *light*. Und davor graut mir."

Sie verdreht die Augen zur Decke.

„Und besonders graut mir davor, dass er sich vorgenommen hat, uns mit einem Sauerbraten zu verwöhnen. Ulrike, ich bitte dich: Weihnachten und Sauerbraten! Zu Weihnachten gibt es in deutschen Esszimmern oder Küchen entweder Kartoffelsalat mit Würstchen oder Gänsebraten – oder neuerdings Fleischfondue, aber doch niemals Sauerbraten. Aber er bleibt stur: Seine Mutter hätte traditionell an Weihnachten immer Sauerbraten zubereitet, mit Rosinen in der braunen Tunke und mit Klößen als Sättigungsbeilage. Und schon damals hätte der Sauerbraten am zweiten Tag – aufgewärmt! – noch besser geschmeckt als am ersten. Fräulein, bitte zwei Glas Prosecco."

Ich wollte protestieren, aber da fiel mir mein guter Vorsatz in Bezug auf die vorweihnachtliche Entschleunigung ein, also hielt ich den Mund.

„Ich seh' es kommen, dass wir vom 25. Dezember bis Silvester Sauerbraten essen müssen. Deshalb hält sich meine Vorfreude auf eine Stille Nacht *light* sehr in Grenzen."

Wir prosteten uns zu: „Auf die adventliche Entschleunigung."

„Ludger sieht sich jede Kochsendung im Fernsehen an, obwohl er an den Fernsehköchen insgesamt kein gutes Haar lässt. Die bieten nach seiner Ansicht den Zuschauern nur sogenannte ‚haute cuisine' an, lauter Schickimicki-Kram, was weiß ich – Kotelett vom Wellensittich mit Morchelsoße – und dabei reden sie ohne Punkt und Komma – laberlaberlaber. Herr Laver müsse eigentlich Laber heißen, und der kleine Lichter mit seinem lächerlichen Schnurrbart und dessen verbale Diarrhö mit rheinländischem Akzent geht Ludger erst recht auf die Nerven."

Marlies war nicht mehr zu bremsen.

„Und er beklagt pausenlos, dass die Fresspäpste nie – aber auch wirklich nie! – zeigen, wie man einen guten Sauerbraten macht. Der ist denen nicht fein genug. Woher bekommt er jetzt ein Rezept für Sauerbraten? Ludgers Mama hat ihres natürlich mit ins Grab genommen".

Marlies nahm einen weiteren großen Schluck Prosecco.

„Ist das nicht sowieso ein psychologisches Phänomen, dass Männer immer am liebsten das essen, was sie von Mamas Küche her kennen? Jede junge Hausfrau hat mit ihren kulinarischen Angeboten an den jungen Gatten in den ersten Ehejahren einen schweren Stand. Meine Art Sauerbraten hat bis heute jedenfalls keine Gnade gefunden bei Ludger – deshalb werde ich mich für den Rest meines Lebens hüten, noch einmal einen anzubieten."

Ich unterbrach ihren Redefluss mit dem Hinweis, man könne beim Metzger doch schon fertig eingelegten Sauerbraten kaufen, aber Marlies winkte ab.

„Vergiss es, bei Ludgers Mama hätte es nie im Leben einen Sauerbraten mit von fremder Hand zubereiteter Beize gegeben. Eine Sauerbratenbeize selber herzustellen ist für eine gute Hausfrau Ehrensache."

„Und nach welchem Rezept wird Ludger nun vorgehen?"

„Er hat sich wieder eines aus dem Internet gegoogelt …

da gebe es mindestens dreißig verschiedene Rezepte, sagt er. Ich bin gespannt, ob sich sein Computerkurs wenigstens diesbezüglich gelohnt hat."

„Noch einen Prosecco?"

Marlies schaute auf ihre Armbanduhr und erschrak.

„Nein, ich muss mich beeilen … Fräulein, zahlen. Ich lade dich ein, weil du mir so geduldig zugehört hast. Also das mit der Entschleunigung klingt gut, aber dieses Jahr wird bei mir wohl noch nichts daraus."

„Und wie erfahre ich, wie das mit der Stillen Nacht *light* gelaufen ist? Das interessiert mich jetzt nämlich brennend."

„Gib mir deine Telefonnummer, ich werde dir von dem zu erwartenden Desaster berichten … fröhliche Weihnachten – und danke für das Plauderstündchen."

Weg war sie.

Auch ich stürzte mich wieder in den Trubel, aber getreu meinem guten Vorsatz absolut entschleunigt. Bis zum 24.12. ließ ich mich weder von vorweihnachtlichen Sonderangeboten, Prospekte verteilenden Weihnachtsmännern noch von „Jingle bells" blockflötenden Musikschülern aus der Ruhe bringen. Ein Bogen Papier mit dem Aufdruck „Entschleunigung" mit einem roten Ausrufezeichen dahinter klebte an unserer Küchentür, und der Advent verlief insgesamt beschaulich. Die Weihnachtsgans* geriet vorschriftsmäßig, meine Familie genoss das Zusammensein und es irritierte niemanden, dass ich den

* *siehe dazu den Anhang mit Rezepten ab S. 201*

Tannenbaum wieder mit den bestenfalls als „grenzwertig" eingestuften, uns aber vertrauten roten Kerzen und Kugeln geschmückt hatte.

Am ersten Weihnachtstag gegen Abend klingelte das Telefon.

„Hallo Ulrike, hier ist Marlies ... Hast du die adventliche Entschleunigung durchgehalten? Glückwunsch! Du wolltest doch wissen, wie die Stille Nacht *light* bei uns verlaufen ist, oder?"

„Ich bin gespannt."

„Um ehrlich zu sein: Es lief nahezu perfekt! Zumindest, was den Sauerbraten betrifft. Der ist weg, ratzfatz!"

„Ihr müsst also nicht bis Silvester Sauerbraten essen? Was ist passiert?"

„Hast du Zeit? Dann erzähle ich dir alles der Reihe nach."

Ich machte es mir mit dem Hörer am Ohr auf dem Sofa bequem.

„Es fing damit an, dass in allen Rezepten aus dem Internet für einen typisch rheinischen Sauerbraten Pferdefleisch empfohlen wird. Aber da machte unsere Tanja Theater. Die befindet sich mit ihren vierzehn Jahren nämlich gerade mitten in der Pferdephase, hat ihr Zimmer mit Pferdepostern tapeziert, liest nur Pferdebücher, geht drei Mal in der Woche zum Voltigieren – und nun solle sie an Weihnachten „Trabtrab" essen? ‚Papa, ich hasse dich'. So weit wollte Ludger es zum Fest der Liebe nun doch nicht kommen lassen, also ging er brav zum Metzger seines Vertrauens und kaufte einen riesigen Brocken

Rindfleisch. Im Internet hatten sie nämlich freundlicherweise eingeräumt, dass man Sauerbraten notfalls auch mit Rindfleisch zubereiten kann. So weit, so gut. Um die vielen Zutaten für die Beize zu besorgen, zog er einen ganzen Nachmittag durch sämtliche Lebensmittelläden der Stadt. Als er mit der Zubereitung anfing, mussten wir alle die Küche verlassen. Der Grund dafür: Die Beize verlange volle Konzentration, denn von ihr hinge das Gelingen eines guten Sauerbratens ab. Nach einer viertel Stunde roch das ganze Haus bis unters Dach nach Essig, aber ich habe mich nicht eingemischt. Ich wurde erst biestig, als ich anschließend das Schlachtfeld in der Küche aufräumen durfte und mein größter Kochtopf mit der Beize und dem eingelegten Braten für den Rest der Woche den Kühlschrank blockierte. Um es kurz zu machen: Das Thema Sauerbraten ist bei uns bis in alle Ewigkeiten gestorben. Ludgers Sauerbraten war nämlich ungenießbar. Viel zu sauer und viel zu weich, das Fleisch war eine einzige Matsche." Sie lachte unbekümmert.

„Peinlich, peinlich … und was hat Ludger dazu gesagt?"

„Der war natürlich mindestens so sauer wie sein Sauerbraten, aber er machte einen auf unschuldig. Er hätte sich genau an die Anweisungen aus dem Internet gehalten und könne schließlich nichts dafür, wenn die da Blödsinn veröffentlichen."

„Und was hast du mit dem vielen Fleisch gemacht? Muss euer Hund jetzt bis Silvester Sauerbraten fressen?"

„Wo denkst du hin, noch nicht einmal der mochte ihn.

Der hat bloß die Rosinen gefressen. Aber das ist tatsächlich ein Problem: wohin mit soviel ungenießbarem Fleisch? Klein schneiden und durchs Klo spülen geht nicht wegen der Ratten in der Kanalisation. Ich habe ihn in Zeitungspapier eingepackt und in der Restmülltonne entsorgt. Aber mach dir keine Sorgen – wir sind nicht verhungert, die Vorspeise war okay, ebenso die Klöße aus dem Päckchen und der Rotkohl aus der Dose. Dafür war der Nachtisch sowohl lecker als auch *light*, wenn auch nicht besonders festlich: Apfelschnee* mit Zimt."

Wir lachten beide.

„Und jetzt ist bei uns im wahrsten Sinne des Wortes Stille Nacht, allerdings nicht so *light* wie angekündigt. Tanja hat sich mit ihren neuen Pferdebüchern in ihr Zimmer verkrochen und Ludger schmollt, sitzt aber schon wieder am PC und googelt sich Rezepte für weitere Weihnachtsmenüs raus. Ich hab mir 'ne Flasche Wein aufgemacht und fühle mich endlich total entschleunigt. Aber nächstes Jahr fange ich mit der Entschleunigung schon am 1. Adventssonntag an. Man darf den Erkenntnissen der Soziologen, Psychologen und Anthropologen, was Weihnachten betrifft, ruhig vertrauen. Wie gut, dass wir uns getroffen haben …"

Wir plauderten noch eine Weile, wünschten uns gegenseitig „Frohen Rest" und nahmen uns vor, in Kontakt zu bleiben.

Eine Stunde später klingelte das Telefon wieder. Wir

* *siehe dazu den Anhang mit Rezepten ab S. 201*

hatten uns gerade eine CD mit Weihnachtsliedern aufgelegt und Bing Crosby besang seinen Traum von „White Christmas". „Hier ist noch mal Marlies … Du, ich habe eben beim Aufräumen im Altglas eine leere Flasche Essigessenz gefunden … Stell dir vor, Ludger hat den Sauerbraten mit Essigessenz zubereitet. Als ich ihn darauf ansprach, fragte er mich doch tatsächlich, worin denn – bitteschön! – der Unterschied zwischen Essig und Essigessenz bestünde. Ich habe ihm geraten, auch diese Wissenslücke via Internet zu schließen … Soviel zum Thema ,Wer lesen kann, kann auch kochen'. Und das mit der ,Stillen Nacht *light*' ist endgültig abgehakt. Es sieht übrigens im Moment so aus, als gäbe es stattdessen eine ,Stille Nacht white' – es hat nämlich angefangen zu schneien".

„Oh, das trifft sich gut", sagte ich und hielt den Hörer in die Nähe des CD-Players." Ich schließe mich den Worten von Bing Crosby an, kannst du ihn hören?"

Er war gerade bei der letzten Textzeile angelangt, und ich sang mit: „May your days be merry and bright, and may all your Christmasses be white … bzw. *light*".

Weihnachten am 24. September

Gibt es nicht in fast jeder Familien ein Mitglied, das – um es vorsichtig auszudrücken – ein bisschen aus der Spur läuft? Einen spleenigen, skurrilen Typen, ein Original?

In unserer Familie jedenfalls gibt es solch ein Exemplar, unseren Onkel Hubert. Nicht, dass er ein wirklicher Exzentriker wäre, nein, seine Macken sind zwar zahlreich, aber durchaus liebenswert, weswegen wir, seine Verwandten, ihn ganz besonders gern mögen. Und seine „ehemalige Verlobte", wie er bisweilen unsere Tante Uta nennt, mit der er seit fast vierzig Jahren verheiratet ist, ist aus ähnlichem Holz geschnitzt.

Neben anderen Besonderheiten schätzen wir z. B. ihre Art, Glückwünsche oder Urlaubskarten zu formulieren, wovon ich als Nichte besonders profitiere.

Onkel Hubert und Tante Uta sind zu ihrem Leidwesen kinderlos, was sich aber für mich durchaus als Vorteil erweist, da sie mich offensichtlich so sehr in ihre Herzen geschlossen haben, dass kein Geburtstag, kein Weihnachtsfest vergeht, ohne dass sie an mich denken.

Einmal erhielt ich eine Weihnachtskarte, auf der Vorderseite bedruckt mit „Frohes Fest" und Tannenzweigen und Kerzen und Goldflitter und allem nur erdenklichen Weihnachtskitsch. Auf der Rückseite warnte eine kleine Notiz in Onkel Huberts Handschrift: „Vorsicht, diese Karte wurde aus 100% recyceltem Toilettenpapier gefertigt – nach dem Lesen bitte gründlich die Hände waschen."

Tante Uta liebt es, Kartengrüße in Reimform zu verschicken. Mal kurz und knapp, wie „Was nützen Dir Grüße von Hinz und Kunz? Stattdessen sei herzlich gegrüßt von uns", mal ausführlicher. Als ihr einmal ihres Rheumas wegen ein Aufenthalt in einer Kurklinik verordnet worden war, erhielt die Verwandtschaft einen Lagebericht mit folgendem Inhalt:

„Wer alt und krank und schicksalsergeben,
kann hier vielleicht nochmal etwas erleben.
Doch wenn der Masseur mit starken Händen
traktiert die Gegend deiner Lenden,
möchtest du an die Decke springen
und hörst vor Schmerz die Englein singen.
Und sonst? Kurschatten? Nein, lieber nicht –
die Auswahl erleichtert dir den Verzicht.
Drum rate ich Kranken und allen Gesunden,
Kurkliniken möglichst weit zu umrunden!"

Nachdem Onkel Hubert sich zur Anschaffung eines Computers und gleichzeitig zur Teilnahme an einem Computerkursus entschlossen hatte – „Man muss ja mit der Zeit gehen, auch wenn's schwerfällt" – blieben die Postkartengrüße aus. Dafür erreichten mich Urlaubsberichte per E-Mail von seinem Laptop, auf die ich mit der Zeit genauso erwartungsvoll lauerte, zumal sie detaillierter waren.

Die erste von vielen Mails kam von einer Kreuzfahrt, zu der er und Tante Uta sich von wohlmeinenden Freunden hatten überreden lassen. Eine Kreuzfahrt sei der absolute Hit, den man sich besonders im etwas fortgeschrittenen Alter nicht entgehen lassen solle – wenn man es sich denn leisten könne.

Tante Uta und Onkel Hubert konnten es sich leisten, aber besonders Tante Uta hatte sich lange gegen die Teilnahme an solchen Reisen gewehrt. Sie hatte gegen Kreuzfahrtschiffe generell große Vorbehalte, nicht nur der desaströsen Umweltschäden wegen, die dieses verursachen, sondern auch, weil sie sie für „schwimmende Altersresidenzen" hielt. Was sie dennoch bewogen hatte, an einer solchen Schiffsreise teilzunehmen, blieb uns allen ein Rätsel. Aber wir freuten uns auf entsprechende Mails, besonders als sich schon nach ein paar Tagen herausstellte, dass Kreuzfahrten, entsprechend Tante Utas Befürchtungen, sich doch nicht als der absolute Hit erwiesen.

Onkel Hubert schrieb – nach Utas Diktat – unter anderem:

„Das tollste Erlebnis auf hoher See
ist die tägliche Schlacht am kalten Büffet,
wenn bei effektvoll gedimmtem Licht,
der Käpten launige Grußworte spricht.
Einhundert Rollator-gestützte Senioren,
eröffnen den Einzug der Gladiatoren,
die sich mit Kampfgeist und Siegeswillen,
unter Hauen und Stechen die Teller füllen."

Zahlreiche ähnliche Schilderungen folgten, und die ganze Verwandtschaft hatte ihr Vergnügen daran.

Ab Anfang Mai jedoch bekamen Onkel Huberts Mails eine völlig andere Klangfarbe.

„Ihr Lieben alle. Eure Tante Uta hat vom Arzt den dringenden Rat erhalten, ihres Rheumas wegen den norddeutschen Winter künftig zu meiden und stattdessen von Oktober bis März den wärmeren Süden vorzuziehen. Wir haben uns schon um eine entsprechende Winterresidenz gekümmert und werden in diesem Jahr erstmalig testen, ob die südliche Wärme ihr guttut. Ab Oktober sind wir dann mal weg (s. Anhang). Euer Onkel Hubert."

Der „Anhang" zeigte eine hübsche kleine Finca unter blauem Himmel vor blauem Meer und weißem Strand.

Ich erschrak und mailte zurück, wie leid es mir Tante Utas wegen tue, fügte aber hinzu:

„Und was wird aus Weihnachten?"

Weihnachten ohne Onkel Hubert und Tante Uta ist für mich nämlich unvorstellbar, schon wegen der heißersehnten „Quatschgeschenke", die ich jährlich von ihnen erhalte, wenn ich sie am Spätnachmittag des Heiligen Abends besuche.

Tante Uta liebt Weihnachten. Sie ist, um es im heutigen Sprachgebrauch zu formulieren, ein „Weihnachtsfreak". Sie gestaltet das Fest noch immer wie „anno dunnemals", wie sie es selber nennt. Also mit Tannenbaum und Weihnachtsliedern und einem Besuch der Christmette – und mit Geschenken. Sie selber wollen zwar absolut keine Geschenke – Kind, wir haben doch alles! – aber sie lieben es, selber Geschenke zu machen, sorgfältig ausgesuchte „Quatschgeschenke". Es handelt sich dabei immer um irgendeinen mehr oder weniger originellen Tinnef. Einmal war es eine geschmacklose Spieldose aus Taiwan mit schrecklich falsch geklimperten Weihnachtsliedern, ein anderes Mal eine chinesische Schneekugel mit nur notdürftig bekleideten, mandeläugigen Engelchen darin. Im letzten Jahr fand ich in meinem Päckchen einen feuerroten Flaschenöffner, der bei Benutzung zuerst ein gluckerndes Geräusch und dann das bierselige Lachen von Homer Simpson ertönen lässt. Der war in der Folge bei jeder zu öffnenden Bierflasche natürlich der Clou im Freundeskreis, zumindest bei den Fans der Zeichentrickserie aus dem Fernsehen.

An irgendeiner Stelle des Päckchens ist immer ein Geldschein versteckt, den es zu entdecken gilt und den ich nach Gutdünken verwenden darf. Aber das „Quatschgeschenk" ist mir immer noch wichtiger. Jedes Jahr freue ich mich darauf. Und damit soll nun Schluss sein, wenn die beiden womöglich irgendwo in der Pampa weilen, wo es keine Quatschgeschenke zu kaufen gibt?

Ich fürchtete um meine größte Weihnachtsfreude.

Onkel Hubert mailte postwendend zurück – wobei postwendend vielleicht nicht der korrekte Ausdruck ist:

„Liebe Nichte. Keine Panik, ich denke mir was aus. OH"

Damit war ich zunächst beruhigt. Onkel Hubert, auf dessen originelle Einfälle Verlass ist, würde eine Lösung finden.

Dennoch wartete ich sehnsüchtig auf die nächste Mail – und nachdem sie eintraf, entspannte sich ein geradezu hektischer Mailverkehr zwischen ihm und mir.

„Liebe Nichte – wir haben uns entschlossen, am 1. Oktober in unser Winterquartier zu ziehen. Uta soll aber deswegen nicht auf ihr geliebtes Weihnachtsfest und Du nicht auf Dein Geschenk verzichten müssen. Ich habe vor – pst, Uta weiß nichts davon! – den Heiligen Abend auf den 24. September vorzuverlegen. Du bist herzlich dazu eingeladen und darfst mir sogar dabei helfen. Gut, dass Uta keine Computerkenntnisse hat, so können wir uns auf diesem heute nicht mehr ungewöhnlichen Wege mit Mails konspirativ verständigen. Dein Onkel Hubert."

„Lieber Onkel Hubert, welch großartige Idee! Ich danke Dir für deine Einladung und komme natürlich gerne. Wer lässt sich schon eine Weihnachtsfeier am 24. September entgehen. Habe das Datum bereits im Kalender vorgemerkt. In welcher Form kann ich dir helfen? Deine Annette bzw. DA. (Ich werde künftig aus konspirativer Vorsicht dieses Kürzel benutzen)."

Schon zwei Stunden später erschien die Antwort auf meinem Bildschirm.

„Liebe Annette. Es soll richtig schön weihnachtlich werden, mit Tannenbaum und selbstgebackenen Plätzchen und weihnachtlicher Musik. Auf den Besuch der Christmette werden wir allerdings aus naheliegenden Gründen verzichten müssen, nicht aber auf weihnachtliche Musik. Ich habe bereits angefangen, ‚Es ist ein Ros’ entsprungen‘ auf der Blockflöte zu üben. Auf die Idee kam ich gestern Morgen, als ich beim Gang durch den Garten zu meiner Freude sah, dass die Gloria Dei eine zweite Blüte angesetzt hatte. Natürlich kann ich nur üben, wenn Uta außer Haus ist – und weil die Blockflöte nicht zu überhören ist, musste ich unsere Nachbarn, Herrn und Frau Gruber, in meinen Plan einweihen, den Heiligen Abend auf den 24. September zu verlegen, und habe sie deshalb auch zum Fest eingeladen. Sie zeigten sich sehr verständnisvoll und gutmütig. Gruß OH.“

„Lieber OH. Was weihnachtliche Musik betrifft: Ich könnte Dich auf der Gitarre begleiten. Was wird es übrigens zu essen geben? Soll ich etwas mitbringen? Mit Gänsebraten oder Karpfen sieht es im September allerdings schlecht aus. DA“

„Liebe Annette, ein guter Kartoffelsalat tut’s auch und ist im Übrigen ohnehin unser traditionelles Essen am Heiligen Abend. Erfahrungsgemäß schmeckt Kartoffelsalat aber auch im September. Ich werde die Würstchen besorgen, das ist nicht schwer. Hingegen wird es ein Problem sein, im September einen Tannenbaum zu bekommen. Hast Du eine Idee? OH"

„Lieber OH, ich habe im letzten Jahr einen kleinen immergrünen Tannenbaum aus Plastik auf dem Flohmarkt erstanden, er sieht sehr natürlich aus und wird auch bei sommerlichen Temperaturen nicht nadeln. Soll ich ihn mitbringen? DA."

„Liebe Annette, bring den Plastikbaum mit. Die Sache fängt an richtigen Spaß zu machen. Uta ist natürlich ahnungslos, die wird Augen machen! Könntest du vielleicht auch ein wenig Spritzgebäck* mitbringen? Frau Gruber hatte sich zwar angeboten, welches zu backen, aber dann würde die ganze Nachbarschaft weihnachtlich riechen und Uta könnte misstrauisch werden. Sie hat sowieso schon gefragt, warum ich gestern, am 15. September, den Christbaumschmuck und die Honigkerzen vom Dachboden geholt habe. Ich habe die Ausrede erfunden, die Sachen in die Winterresidenz mitnehmen zu wollen, damit Uta fern der Heimat nicht auf ihr geliebtes Weihnachtsfest verzichten müsse. Sie hat versucht es mir auszureden, aber … Du kennst mich ja. OH"

Am 20. September meldete der Wetterbericht ein spätsommerliches Hoch, und es kostete mich einige Überwindung, bei 25° im Schatten die gewünschte Portion Spritzgebäck zu backen. Onkel Hubert hatte gemailt, er habe die Wachskerzen für meine Plastiktanne versuchsweise in

* *siehe dazu den Anhang mit Rezepten ab S. 201*

die Kerzenhalter gesteckt, aber sie hätten sich in der Sommerhitze kläglich verbogen. Und weiter:

„In mehreren Geschäften habe ich nach Süßigkeiten gesucht, die sich als essbarer Christbaumschmuck eignen, bin aber nicht fündig geworden. Nun habe ich zehn Schokoladen-Überraschungseier mit bunten Bändchen zum Aufhängen vorbereitet und der Hitze wegen in der Kühltruhe versteckt. Wann wirst Du kommen? OH".

Was für eine Idee: Überraschungseier als Christbaumschmuck! Aber typisch für meinen spleenigen Onkel und getreu seinem Motto: „In allen Lebenslagen Onkel Hubert fragen!"

„Lieber OH, tolle Idee, das mit den Überraschungseiern. Wenn wir schon beim Überraschen sind: Soll ich schon gegen Mittag als Überraschungsgast kommen und mit Tante Uta eine Kaffeefahrt unternehmen, damit Du in Ruhe den Baum dekorieren kannst? DA"

„Liebe Annette, Du erscheinst als rettender Weihnachtsengel – ich erwarte Dich gegen 15 Uhr. Wenn Ihr dann gegen 18 Uhr zurück seid, habe ich in der Zwischenzeit alles vorbereitet. OH"

Und dann lief eigentlich alles wie am Schnürchen. Am 24. früh morgens zog ich mein luftigstes Sommerkleid an. Dann füllte ich den am Vorabend zubereiteten Kartoffelsalat in eine verschließbare Schüssel, das Spritzgebäck in eine Weihnachtsdose, verstaute alles in einer Kühlbox und brachte es ins Auto, ebenso die Gitarre nebst Notenbüchlein mit Weihnachtsliedern. Gegen Mittag fuhr ich los.

Es war mörderisch heiß und ich schaltete die Klimaanlage ein.

Pünktlich um 15 Uhr kam ich bei Onkel Hubert und Tante Uta an und klingelte. „Nein, so eine Überraschung, wie kommen wir zu der Ehre, dass Du uns am heißesten Tag des Jahres besuchst? Uta, schau mal, wer gekommen ist …" Onkel Huberts Begeisterung klang absolut überzeugend. Er zwinkerte mir fröhlich zu. Tante Uta umarmte mich herzlich und bat mich herein.

Es war nicht schwer, sie nach einigem Hin und Her zum Eisessen an einen der nahe gelegenen Baggerseen einzuladen. Onkel Huberts Weigerung, sich dem Ausflug anzuschließen, wurde akzeptiert – er müsse den Rasensprenger beaufsichtigen. Tante Uta holte ihre Handtasche und wir fuhren zu zweit los. Herr und Frau Gruber im Garten nebenan winkten zum Abschied.

Wir hatten uns viel zu erzählen. Tante Uta sprach über ihren Plan, den Winter im warmen Süden zu verbringen – was man alles zu bedenken habe und was alles mitzunehmen sei. „Stell dir vor, Hubert will sogar den Christbaumschmuck mitschleppen, so ein Blödsinn, er meint es ja gut, aber das finde ich nun doch übertrieben … was Männern so manchmal in den Kopf kommt."

Wir unterhielten uns prächtig.

Zur verabredeten Zeit waren wir zurück. Onkel Hubert hatte sich umgezogen und empfing uns im dunklen Anzug. Der Schweiß rann ihm von der Stirne. Er schob Tante Uta ins Wohnzimmer. Dort stand an gewohntem Platz meine geschmückte Plastiktanne, die Überraschungseier baumelten zwischen Strohsternen und Lametta und die Kerzen brannten, allerdings nicht alle. Mehrere hatten der Hitze nicht standhalten können und hingen mit den Dochten nach unten. Tante Uta stand sprachlos im Türrahmen, ihre Handtasche noch in den Händen und Tränen in den Augen.

Onkel Hubert wollte eben mit seiner vorbereiteten Ansprache beginnen, als Herr und Frau Gruber nach kurzem Anklopfen durch die offene Terrassentür traten und „Fröhliche Weihnachten" riefen. Tante Uta ließ verblüfft ihre Handtasche zu Boden fallen, und ich hielt es für angebracht, ihr einen Stuhl in die Kniekehlen zu schieben ...

Onkel Hubert setze neu an und erklärte seiner „ehemaligen Verlobten" in wohlgesetzten Worten, was der Anlass zu dieser vorgezogenen Weihnachtsfeier sei. Dass man ja in diesem Jahr im neuen Winterquartier wohl nicht wie bisher würde Weihnachten feiern können, aber da Uta so sehr an diesem Fest hinge, hätte er sich gedacht ...

Es wurde eine rührende Liebeserklärung daraus. Frau Gruber bat Herrn Gruber um ein Taschentuch und auch ich musste tief durchatmen. Tante Uta ging zu ihrem Gatten, zog ihm das dunkle Sakko aus, wischte ihm mit bloßer Hand über die nasse Stirn und umarmte ihn. Ich sah nur noch durch einen Tränenschleier, wie sie sich küssten.

Dann löste er sich aus der Umarmung, griff nach seiner bereitgelegten Blockflöte und gab mir ein Zeichen, meine Gitarre ebenfalls zur Hand zu nehmen. Doch bevor wir zu spielen anfingen, überreichte Onkel Hubert seiner Uta eine knapp aufgeblühte rote Rose, und danach erklang unser leider nicht genügend geübtes „Es ist ein Ros' entsprungen" – ziemlich stümperhaft, wodurch zum Glück die Feierlichkeit des Augenblickes ein rasches Ende fand.

„Nein, so eine Überraschung – auf solch eine verrückte Idee kann nur mein spleeniger Hubert kommen: Weihnachten am 24. September …"

Wir lachten.

Frau Gruber trug die Schüssel mit meinem Kartoffelsalat auf die Terrasse, Herr Gruber folgte mit einem Topf, in welchem die heißen Würstchen schwammen, Onkel Hubert brachte den Senf und kühles Bier dazu. Und er sollte wie immer Recht behalten: Kartoffelsalat und Würstchen schmecken sogar an einem heißen Sommerabend.

Plötzlich ließ er Messer und Gabel fallen und schlug sich mit der flachen Hand vor die Stirn.

„Annette, ich habe ja das jährliche Geschenk für dich vergessen. Wie konnte mir das passieren?" Er sah mich hilflos und entgeistert an.

Ich beruhigte ihn: „Onkel Hubert, wenn du keine größeren Sorgen hast …" Er sah zu seiner Frau hinüber. „Annette hat mir nämlich tatkräftig bei dieser ganzen komplizierten Aktion geholfen und nun …"

„Ich weiß, mein Schatz, deshalb habe ich daran gedacht", sagte Tante Uta. Onkel Hubert und ich sahen uns an, der Mund blieb uns beiden offen stehen. „Wie bitte, du weißt …"

„Ihr habt das insgesamt sehr clever eingefädelt, aber

ich habe inzwischen den kleinen Henry von gegenüber als Computerlehrer engagiert – ich kann zwar noch nicht viel, aber die Maus bedienen und Mails abrufen ist ja einfach."

Dann stand sie auf, holte ein in Weihnachtspapier eingepacktes Päckchen und überreichte es mir. „Ein neues Quatschgeschenk für dich, liebe Annette. Und es ist von keiner Jahres- oder Tageszeit abhängig und jederzeit einsetzbar."

Das war nun wirklich das beste Quatschgeschenk aller Zeiten: Ein Klopapierhalter mit eingebauter Spieluhr, mit einem Drehschlüssel immer wieder aufzuziehen, und dazu passend eine Rolle Toilettenpapier, deren einzelne Blätter mit Fünfzigeuroscheinen bedruckt sind. (Der dritte Schein erwies sich übrigens als echt.) Und wenn man ein Blatt abzieht, erklingt das Lied: „Oh wie so trügerisch sind Weiberherzen".

„Genau", seufzte Onkel Hubert und wischte sich neuerlich den Schweiß von der Stirn. Herr und Frau Gruber räumten lächelnd den Tisch ab und zogen sich dezent zurück. „Vielen Dank für den schönen Abend. Diese Weihnachten werden wir wohl nie vergessen".

Wir saßen bis zum Einbruch der Dunkelheit auf der Terrasse. Es war noch immer sehr heiß und der Rasensprenger lief ununterbrochen. Im Wohnzimmer plumpste von Zeit zu Zeit eines der Überraschungseier mit dumpfem Aufprall zu Boden. Onkel Hubert brach von einer der Tannen im Garten einen Zweig ab, hielt sein brennendes Feuerzeug unter die Nadeln und sorgte so für weihnachtlichen Duft. Tante Uta schnupperte glücklich an ihrer roten Rose.

Am 25. Dezember erreichte mich folgende Mail:

„Liebe Annette, das Thermometer zeigt 23°, es blühen viele Bäume und Sträucher, sogar Rosen sind schon ‚entsprungen'. Wie gut, dass wir den heiligen Abend schon vorgefeiert haben. Hier begeht man Weihnachten ganz anders, überhaupt nicht besinnlich, sondern fröhlich, laut und bunt. Nein, *unser* Weihnachten macht uns keiner nach!"

Recht hast du, Onkel Hubert!

Weihnachten ohne Geschenke?

„Na, freust du dich auf Weihnachten?", fragte die Verkäuferin im Schuhgeschäft unsere Tochter, während sie ihr die Tüte mit den neuen Hausschuhen überreichte.

Jette sah erst die Verkäuferin, dann mich unsicher an.

„Nein, überhaupt nicht".

„Wie, du freust dich nicht? Aber alle Kinder freuen sich doch auf Weihnachten, auf den Weihnachtsbaum, auf die Geschenke …"

„Bei uns gibt es dieses Jahr keine Geschenke, und darum freue ich mich auch nicht", gab Jette trotzig Auskunft.

Die Verkäuferin sah mich fragend an.

„Ja, das ist bei uns in diesem Jahr so …" Ich suchte nach passenden Worten. Schließlich wollte ich diese im Grunde fremde Frau nicht mit dem Thema konfrontieren, dass in unserer Familie seit Wochen temperamentvoll, zum Teil sehr temperamentvoll diskutiert worden war: Weihnachten ohne Geschenke.

Auf die Idee war mein Schwiegervater gekommen. Es mache ihn traurig und sogar wütend, dass die heutige

Weihnacht völlig sinnentleert sei und nur noch der Geschenke wegen veranstaltet werde. „Nichts als Konsumterror – den ursprünglichen Sinn von Weihnachten kennt kaum noch jemand, alle denken nur noch an Geschenke. Dabei habt ihr alles, die Kleiderschränke sind voll und in den Kinderzimmern liegt der bunte Plastikschrott herum – schon die Kleinen hängen stundenlang vor der Glotze oder tändeln ununterbrochen mit ihrem fiependen Elektronikkrempel rum, nein, ohne mich. Wenn ihr mich dabeihaben wollt, dann nur, wenn es einmal ein Weihnachten ohne Geschenke gibt, basta."

„Und wie stellst du dir den Ablauf des Heiligen Abends vor, ohne das Auspacken von Geschenken, ohne Überraschungen?", fragte mein Mann seinen Vater.

„Wir können ja mal wieder das Weihnachtsevangelium lesen oder die alten Weihnachtslieder selber singen, anstatt uns von einer CD berieseln zu lassen. Gegen den traditionellen Kartoffelsalat mit Würstchen habe ich nichts einzuwenden, und danach könnten wir uns was erzählen, z. B., wie wir früher Weihnachten feierten, als noch nicht der Überfluss das Fest prägte, oder wie es war, wenn der Nikolaus kam, oder ..."

„Den Part des Erzählers übernimmst dann aber du, Vater", sagte mein Mann. „Und stell dich darauf ein, dass Jette und Tim womöglich vor Langeweile einschlafen oder an ihren Fingernägeln kauen werden. Überhaupt: Was sollen sie nach den Ferien ihren Freunden erzählen, wenn sie kein einziges Geschenk vorzeigen können?"

„Ach, das kommt auf einen Versuch an – die sind ja

nicht dumm, es wird ihnen schon etwas einfallen. Ihr kennt jetzt meine Bedingungen: Ich komme nur, wenn ihr das Experiment „Weihnachten ohne Geschenke" mitmacht. Mal sehen, ob ihr noch risikofreudig seid."

Nun hatten wir also für die nächste Zeit reichlich Gesprächsstoff. Nicht nur mein Mann und ich wälzten das Thema hin und her. Wir diskutierten darüber auch mit unseren Freunden. Bei den meisten stießen wir auf Unverständnis, bei manchen jedoch auch auf Zustimmung. Einige fanden sogar, unsere Kinder, acht und elf Jahre alt, hätten einen sehr mutigen Großvater.

Schließlich einigten mein Mann und ich uns darauf, das Experiment zu wagen. Ja, wir erkannten sogar ein paar Vorteile: Kein endloses Herumlaufen in überfüllten Läden, kein sinnloses Geldausgeben, keine absehbaren Enttäuschungen – wir freundeten uns mit dem Gedanken geradezu an.

Nur ein Problem schoben wir ungelöst vor uns her: Wie sollten wir es den Kindern sagen?

Um die Nikolauszeit überreichte mir Jette ihren Wunschzettel. Er war lang, aber ihre Wünsche erwiesen sich als bescheiden. Unter anderen kindlichen Kuriositäten wünschte sie sich vor allem einen durchsichtigen Teddy aus Plexiglas mit Innenbeleuchtung als Leuchte für ihr Zimmer. In Klammern stand daneben, alle ihre Freundinnen hätten diesen süüüßen Teddy, es gebe in ihn in dem und dem Geschäft zu kaufen und er koste höchstens 39,– Euro.

Tim verzichtete darauf, uns schriftlich seinen einzigen Wunsch mitzuteilen, aber er ließ sich bei jeder sich bietenden Gelegenheit enthusiastisch über die Vorteile eines neuen iPhone als dem Wunderwerk modernster Technik aus.

„Wir müssen es den Kindern endlich mitteilen, dass es dieses Jahr keine Geschenke geben wird", sagte ich zu meinem Mann. „Das heißt – du musst es ihnen sagen, schließlich hatte dein Vater die Idee."

Mein Mann seufzte. „Jaja ... da haben wir uns was eingebrockt."

Am zweiten Adventssonntag, morgens beim gemeinsamen Frühstück, hielt er den richtigen Zeitpunkt für gekommen. Locker und wie nebenbei wandte er sich an Tim: „Gibst du mir mal die Kaffeekanne rüber? Die war vor fünf Jahren das letzte Geschenk von Großmutter, ein sehr notwendiges Geschenk, nachdem bei unserer alten Kanne der Glaszylinder geplatzt war ... kurz darauf ist Großmutter ja gestorben, und seitdem kommt Großvater Weihnachten immer zu uns. Übrigens – dieses Jahr wird es mal keine Geschenke geben ... es war Großvaters Idee, er meint, wir hätten inzwischen alles, was man zum Leben braucht, und ich finde, dass er recht hat."

Jette sah ihren Vater ungläubig an, ihre Augen füllten sich auf der Stelle mit Tränen. „Überhaupt keine Geschenke? Ich kriege nicht einmal den Teddy mit Beleuchtung?"

„Keine Geschenke, sagt Großvater, weder für Erwachsene noch für Kinder. Diese Schenkerei sei mit dem Sinn von Weihnachten überhaupt nicht vereinbar. Ist doch prima, dann brauchen wir uns für nichts und niemand mehr den Kopf zu zerbrechen, auch für Großvater nicht. Für ihn war es doch immer besonders schwer, ein passendes Geschenk zu finden."

Tim zertrümmerte mit einem mächtigen Hieb die Schale seines Frühstückseis.

„Ist das letzte Wort über diesen mega-ätzenden Plan schon gefallen?", fragte er grimmig.

„Ja, Mama und ich finden Großvaters Vorschlag großartig, wir sind uns nach gründlichen Überlegungen einig, dass ..."

„Na, dann fröhliche Feiertage ... toll ... wie bei armen Leuten".

Er stopfte sich den Rest eines Brötchens in den Mund, stieß seinen Stuhl nach hinten weg und verließ wortlos das Zimmer.

Seine Zimmertür knallte.

Jette gab nicht so schnell auf. Wortreich versuchte sie uns davon zu überzeugen, dass diese Idee ganz und gar nicht „cool" sei und dass sie in Zukunft Mühe haben werde, Großvater und uns weiterhin lieb zu haben. Wir versuchten ebenso wortreich, ihr unseren Entschluss zu erläutern – vergeblich. Schluchzend verließ auch sie den Frühstückstisch.

„Das erzähl ich allen meinen Freundinnen."

Mein Mann und ich saßen plötzlich alleine am Tisch und rührten in unseren Kaffeetassen.

„Glaubst du, dass diese Entscheidung richtig war?"

„Frag mich was Leichteres", brummte er.

Der Rest des Tages verlief sehr ruhig. Tim ließ sich nur einmal kurz blicken, füllte sich einen Teller mit Weihnachtsplätzchen und verschwand wortlos wieder in seinem Zimmer. Jette war zu einer ihrer Freundinnen gegangen.

Die folgenden zwei Wochen bis zum Fest verliefen für mich ungewohnt entspannt und friedlich, ohne jegliche Hektik, und ich erwärmte mich immer mehr für Großvaters Idee. Am vierten Adventssonntag fiel wider Erwarten ein bisschen Schnee, ich schmückte wie üblich den Baum, bereitete das Essen vor und genoss es, Zeit zu haben. Die Kinder hatten resigniert. Sie maulten zwar noch dann und wann, aber mein Mann und ich gaben uns heiter und fröhlich – obwohl uns absolut nicht wohl in unserer Haut war. Keine Geschenke zu Weihnachten? Oh je, wenn das nur gut geht …

Großvater rief einmal an und erkundigte sich nach dem Stand der Dinge. Wir gaben wahrheitsgemäß Auskunft, dass wir seinem Vorschlag gefolgt seien und auf Geschenke jeder Art verzichteten.

„Bravo, dann komme ich also."

Jette und Tim holten ihn vom Zug ab. Die Begrüßung sei etwas kühl ausgefallen, berichtete er uns nach dem Abendessen, als die Kinder das Geschirr und die Reste des Kartoffelsalats in die Küche trugen.

Danach setzten sie sich demonstrativ gelangweilt mit

verschränkten Armen auf das Sofa, Jette wippte mit den Füßen und Tim sagte auffordernd und mit Trotz in der Stimme: „Und jetzt?

„Jetzt zündet euer Vater erst einmal die Kerzen an und ich lese euch das Weihnachtsevangelium vor", sagte mein Schwiegervater und holte aus einer mitgebrachten Tasche ein Gebetbuch. „So haben wir das früher immer gemacht, als wir noch Kinder waren". Er schlug das Buch an einer mit einem Lesebändchen gekennzeichneten Seite auf und wartete, bis alle Kerzen am Baum brannten.

Ich gebe zu, dass ich nervös war. Das konnte nur peinlich werden …

Großvater aber las den Text mit ruhiger Stimme, ohne Pathos, und die Kinder hörten artig zu. Die Kerzen verbreiteten einen zarten Duft, die vertrauten alten Glaskugeln glänzten wie eh und je, ein einzelner Strohstern drehte sich im Zeitlupentempo. Mein Mann knipste einen Tannenzweig ab, der zu nahe über einer Flamme hing. Von Peinlichkeit keine Spur.

Nach dem letzten Satz „Ehre sei Gott in der Höhe und Friede den Menschen auf Erden, die guten Willens sind." legte Großvater das Lesebändchen wieder ein und schloss das Buch. Jette rutschte von ihrem Platz auf dem Sofa und kuschelte sich eng an ihn.

„Und wann gab es bei euch die Geschenke?", fragte sie zaghaft.

„Die Geschenke? Ja, die gab es immer nach der Weihnachtsgeschichte, aber was für Geschenke! Ein bisschen Spielzeug vielleicht, oder ein neues Mäppchen für Bleistifte ... einmal habe ich einen Zeichenblock bekommen und einen Malkasten, mit zehn Farben und zwei Pinseln, das war toll, aber meistens gab es warme Kleidungsstücke, eine gestrickte Mütze und vielleicht einen dazu passenden Schal, und Handschuhe, oder Socken, über die man sich aber nicht so sehr freute, weil sie meistens kratzten".

„Und habt ihr auch einen bunten Teller mit Süßigkeiten bekommen?"

„Ja, sicher, da waren aber immer nur nach alten Rezepten hausgemachte Plätzchen drauf. Nur in einem Jahr hatte es Mandeln zu kaufen gegeben und unsere Mutter hatte selber Marzipankartoffeln gemacht, das weiß ich noch gut."

„Wir machen auch jedes Jahr selber Marzipankartoffeln, Mama hat das Rezept von Uroma in ihrem Kochbuch," unterbrach Jette ihn lebhaft.

„Oh, das würde mich sehr freuen ...", fuhr Großvater in seiner Erzählung fort. „Aber Äpfel und Nüsse und andere Süßigkeiten brachte in meiner Kinderzeit eigentlich immer nur der Nikolaus am 6. Dezember, der und sein Knecht Ruprecht wurden mit größter Spannung erwartet. Der Nikolaus sorgte meistens für einen bunten Teller voller Leckereien, natürlich nicht mit solchen, wie sie die Weihnachtsindustrie heute tonnenweise auf den Markt bringt. Nur einmal ..."

Er lächelte vielsagend.

„Was war da? Erzähl doch, war da was Besonderes?" mischte Tim sich ein.

Großvater lachte nun fröhlich.

„Ich erinnere mich noch gut an den Besuch des Nikolaus im Winter 1946, der war wirklich etwas Besonderes … ach Kinder, wie lange ist das nun her.

1946, der zweite Winter nach dem Krieg, ein besonders harter Winter. Schon Ende November war der erste Schnee gefallen. Wir Kinder freuten uns natürlich über die weiße Pracht, unsere Eltern jedoch sahen wohl eher mit Besorgnis in den grauen Himmel: Woher sollten sie warme Schuhe, Jacken und Mäntel für vier Kinder und zwei Erwachsene nehmen?"

Jette machte ein erstauntes Gesicht.

„Konnten eure Eltern euch keine Kleider kaufen, wart ihr so arm?"

„Jetzt quatsch doch nicht immer dazwischen." Tim knuffte seine Schwester.

Großvaters schüttelte den Kopf.

„Nein, damals konnte man keine warmen Kleider kaufen, weil es keine gab, abgesehen davon, dass viele Leute auch gar kein Geld hatten. Man musste sich Kleider selber nähen, wenn man Stoff hatte. Viel schlimmer war, dass unsere Eltern Sorge hatten, wie sie die Wohnung beheizen sollten. Die Stromleitungen funktionierten nicht immer, für die Zentralheizung stand kein Brennmaterial zur Verfügung, und an Gas oder Öl war in jenen Jahren nicht zu denken. Wir hatten in der Küche einen Herd, in dem man Feuer anzünden konnte – wenn man Brennmaterial hatte. Meine Aufgabe war es – ich war ja der Älteste von uns vier Kindern – den nahen Wald nach Brennholz abzusuchen, aber da war ich nicht der Einzige. Es gab außer uns noch viele Familien, die nicht heizen konnten."

Jette kuschelte sich noch enger an ihn, in ihren Augen glänzten Tränen des Mitleids.

„Noch schlimmer war, dass auch die Regale in der Speisekammer fast immer leer waren. Nur Kartoffeln, wenige Möhren und Steckrüben lagerten dort."

„Und im Kühlschrank war auch nichts?"

„Nein … hatten wir überhaupt einen Kühlschrank? Ich weiß es nicht mehr. Ach, es waren keine guten Zeiten", seufzte Großvater. „Aber manchmal war es trotzdem sehr lustig. Zum Beispiel, als der Nikolaus kam, in jenem Winter 1946 … Eines Tages erzählte meine älteste Schwester Irmgard beim Mittagessen, sie habe den Nikolaus plus Knecht Ruprecht und einen Engel gesehen. ‚Ruprecht hatte einen Sack auf dem Rücken, und sie gingen von Haus zu Haus und da habe ich mich getraut zu fragen, ob sie auch zu uns kämen.' Sie habe noch zwei jüngere Geschwister – das waren unser kleiner Bruder Ludwig und unsere Jüngste, Margret – und die seien für den Fall, dass der Nikolaus auch zu uns käme, auf einen Besuch vorbereitet. Tatsächlich hatte Margret ein Gedicht auswendig gelernt und Ludwig konnte ein Nikolauslied auf der Blockflöte spielen."

„Ich kann auch ein Nikolauslied auf der Blockflöte spielen", warf Jette ein.

„Halt doch endlich die Klappe", fuhr ihr Bruder sie an. Und an den Großvater gewandt: „Habt ihr denn da noch an den Nikolaus geglaubt?"

„Nur die Kleinen, wie wir die beiden Jüngsten nannten, die glaubten noch felsenfest an ihn. Deshalb hatte unsere Mutter, also eure Urgroßmutter, tagelang Nikolaus- und Weihnachtslieder mit uns gesungen, die meisten kann ich heute noch auswendig."

„Sing doch mal eines", bat Tim, etwas heiser und verlegen.

Großvater räusperte sich. „Ach, solche Lieder kennt ihr heute sicher nicht mehr, zum Beispiel ...", und er begann mit fester Stimme zu singen:

„Nikolaus, komm in unser Haus, packe deine große Tasche aus.

Stell den Schimmel unter'n Tisch, dass er Heu und Hafer frisst.

Heu und Hafer frisst er nicht, Zucker und Plätzchen kriegt er nicht.

Nikolaus komm, mach mich fromm, dass ich in den Himmel komm."

„Doch, das kenne ich, das haben wir im Kindergarten gelernt, als wir noch ganz klein waren", erinnerte Jette sich."

„Das ist eigentlich ein blödes Lied – als wenn ein Schimmel unter einen Tisch passen würde", kommentierte Tim altklug. „Aber erzähl trotzdem weiter."

„Nach dieser Ankündigung, der Nikolaus sei unterwegs, gerieten die Kleinen in helle Aufregung. Sie überhäuften Mama mit Fragen: Würde der heilige Mann wirklich kommen? Und würde er auch was zum Essen bringen, womöglich Süßigkeiten? Und Nüsse? Oder ein Apfelsine?

Von Apfelsinen hatten wir bislang nur gehört, aber gesehen oder gegessen hatten wir noch nie eine. Um es kurz zu machen …"

„Du musst es gar nicht kurz machen, ich finde es so schön, wenn du erzählst", ermunterte Jette ihren Großvater.

„Also gut … das freut mich. Unseren Eltern muss es irgendwie gelungen sein, mit dem Nikolaus Kontakt aufzunehmen, denn tatsächlich waren am Nikolausabend im Flur plötzlich Schellengeläute und Stimmen zu vernehmen. Unser Hund – wir hatten damals einen kleinen Hund mit Namen Schufti, den wir alle liebten – Schufti also gebärdete sich wie rasend. Unser Vater nahm ihn auf den Arm und fing an zu singen:

‚Wer poltert auf der Treppe? Wer poltert durch das Haus? Es ist gewiss, ich wette, der heilige Nikolaus.'

Unsere beiden Kleinen drängten sich in Mamas Nähe. Irmgard und ich, wir ‚Großen', sahen den kommenden Ereignissen gelassener entgegen, aber auch wir waren gespannt. Plötzlich nämlich öffnete sich die Tür und nicht nur der Heilige Mann, mit weißem Bart und ebensolchen Haaren, die Bischofsmütze schief auf dem Kopf und angetan mit einem bestickten Messgewand, schob sich schwankend ins Zimmer, sondern auch ein ziemlich zerzauster Knecht Ruprecht. Den Abschluss bildete ein ebenfalls etwas absonderlicher Engel mit langem weißem Hemd und einer Perücke aus Watte auf dem Kopf.

Ein durchdringender Geruch nach Schnaps lag augenblicklich in der Luft.

Schufti auf Papas Arm bellte wie wahnsinnig und wollte sich beim Anblick dieser seltsamen Gestalten losreißen. Er machte einen solch fürchterlichen Radau, dass ich ihn in die Küche verbannen musste, wo er aber aufgeregt weiterbellte.

Nikolaus lehnte sich erschöpft an die Wand, seufzte tief und wandte sich an Knecht Ruprecht: ‚Merks du wat? Hier is verdammt trockene Luft‘. Er stellte seinen Bischofsstab mit unsicherer Hand in die Zimmerecke und warf einen kurzen müden Blick auf die Kleinen.

‚Na, dann mal los, dann lasst mal wat hören, erst dat Wichtken.‘ Er schloss die Augen. Knecht Ruprecht tat es ihm gleich, nur der Engel mit der Watteperücke verfolgte das Geschehen aufmerksam.

Mama gab ihrer jüngsten Tochter einen aufmunternden kleinen Schubs und Margret begann mit zaghaftem Stimmchen, aber tapfer:

> *‚Denkt Euch, ich habe das Christkind gesehen.*
> *Es kam aus dem Wald, das Mützchen voll Schnee.*
> *Auf dem Rücken trug's einen schweren Sack.*
> *Was drin war, wollt ihr wissen?*
> *Ihr Naseweis, ihr Schelmenpack,*
> *denkt ihr denn, offen war der Sack?*
> *Zugebunden bis obenhin!*
> *Es war gewiss was Gutes drin –*
> *Es roch so nach Äpfeln und Nüssen.‘*

Erleichtert schmiegte sie sich wieder in Mamas Arme.

‚Soso, dat was zwar kien Nikolausgedicht, aber doch richtig nett‘, brummte der heilige Mann. ‚Knecht Ruprecht, is daor noch wat in den Büdel? Dann do dat Wichtken es 'n Appel or ne Nuss oder süswat.‘“

Jette unterbrach den Erzähler.

„Du kannst Plattdeutsch sprechen, Großvater?“

„Ja, ich wundere mich selber, dass ich es nicht verlernt habe. Damals konnten fast alle Leute Plattdeutsch, zumindest konnten alle es verstehen“.

„Und? Hat sie was aus dem Sack bekommen? Lass Großvater doch weiter erzählen …“ maulte Tim.

„Nein, nichts zu machen. Knecht Ruprechts Sack hing schlaff über seiner Schulter – leer. Nikolaus riss kurz die Augen auf und schüttelte den Kopf. ‚Leer? Wat'n Pech, awer doar kann ik nu auk nix an doon … wenn dat hier bloß nich so ne trockene Luft wör … und nu sall de Junge wat up siene Flöte piepen.‘

Mein armer kleiner Bruder – er war viel zu aufgeregt. Ich sehe ihn noch vor mir: kurze Hose mit Hosenträgern, an den Beinen lange, braune Strümpfe, ein von Mama gestrickter hellgrauer Pullover mit Zopfmuster um den schmalen Oberkörper, und in den unsicher zitternden Patschhändchen die Blockflöte … Nur mühsam entlockte er dem Instrument ein paar klägliche Töne, gab den Versuch schnell auf und verbarg den Kopf in Mamas Schoß.“

Jette wischte sich die Augen.

„Und der gute, ehrwürdige Nikolaus? Der Kinderfreund? Der Heilige Mann mit Bischofshut, den wir ‚Großen‘ längst als einen Burschen aus der Nachbarschaft erkannt hatten, der sich jedes Jahr gern als Nikolaus zur Verfügung stellte und mit Schnaps bezahlen ließ? Wie reagierte der?

‚Nä, also dat was ja nu gar nix. Doarför bünt wi den ganzen wieden Weg laupen? Hadden de Öllern ehr'n Jungen nich mal 'n paar richtige Flötentöne biebringen kuennt? Sall em Knecht Ruprecht nu de Flötentöne biebrengen? Ruprecht, wo häs du diene Rute? Und denn noch so ne trockene Luft …‘“

Großvater machte eine Pause.

„Das war ja ein richtig gemeiner, doofer Nikolaus“, entrüstete Jette sich.

„Das kann man wohl sagen …wir alle schwiegen entsetzt. Sogar der bis jetzt unentwegt bellende Schufti in der Küche gab plötzlich keinen Laut mehr von sich. Unser Vater sah den Nikolaus vorwurfsvoll an, streckte den Arm aus und fuhr seinem Jüngsten tröstend durch die Locken. Unsere Mutter schüttelte den Kopf. Ludwig drehte sein Gesicht zu uns, in seinen Augen schwammen Tränen und die Unterlippe zitterte.

Da mischte sich, völlig unerwartet, der absonderliche Engel ein. Trotz der rot geschminkten Backen und der Perücke aus weißer Watte hatten Irmgard und ich auch ihn längst als den netten Sohn vom Bäcker an der Ecke erkannt. Er schlüpfte aus seinen Holzschuhen, ging auf den leise schluchzenden Ludwig zu und zog ihn in die Mitte des Zimmers.

‚Ludwig, auch wenn es mit der Blockflöte nicht so geklappt hat – du kannst doch auch ein schönes Gedicht – sag doch das Nikolausgedicht auf, das ich dir beigebracht hab – das hört der heilige Mann besonders gern.'

Unvergessen das plötzlich strahlende Gesicht unseres kleinen Bruders. Er wischte sich mit dem Ärmel die Tränen ab, zog die Nase hoch und sah den Engel an – hatte wohl auch endlich entdeckt, wer sich da als Retter in der Not erwies. Er stellte sich mutig direkt vor den hohen Gast, atmete tief durch und rappelte seinen Spruch herunter:

‚Vater unser, der du bist,
weißt du nicht, wo Nikolaus ist?
Nikolaus is in'n Keller kruepen,
hew ne Pulle Schnaps uutsuepen.' *

Sprachs – und rannte über den Flur in die Küche, Margret, Irmgard und ich hinterher, schließlich sogar der Engel, der sich die Perücke vom Kopf riss. Wir lachten und umarmten uns und Schufti sprang fröhlich bellend um uns herum."

Jette atmete sichtlich erleichtert auf, ebenso Tim. Dennoch fragte er besorgt:

„Und ihr habt überhaupt keine Süßigkeiten bekommen?"

* *Nikolaus ist in den Keller gekrochen,*
hat eine Flasche Schnaps ausgesoffen.

„Nein, an dem Abend jedenfalls nicht, aber am anderen Tag erhielten wir mit der Post ein sogenanntes Care-Paket* mit allen möglichen Herrlichkeiten darin, die trösteten uns darüber hinweg, dass in Nikolaus' Sack für uns nichts übrig geblieben war."

„Und der Nikolaus, hat der noch einen Schnaps gegen die ‚trockene Luft' bekommen?"

„Ich glaube eher nicht", sagte Großvater, „Wahrscheinlich hat Vater ihn ohne ‚Gage' wieder hinaus komplementiert, denn mit diesem pädagogischen Feingefühl hatte er sich keine verdient."

Tim räusperte sich. „Coole Geschichte … weißt du noch eine?"

Großvater lachte. „So spontan fällt mir keine ein, aber wenn ich im nächsten Jahr noch lebe und wieder kommen darf, dann vielleicht …"

„Aber dann feiern wir wieder Weihnachten mit wenigstens einem Geschenk für jeden … vielleicht wünsche ich mir den Teddy mit Beleuchtung dann immer noch, weil alle den haben", meinte Jette. Und Tim fügte hinzu: „Und bis nächstes Jahr haben sie womöglich ein noch viel besseres i-Phone erfunden, obwohl …" Er seufzte tief.

Großvater wandte sich an Jette: „Hast du noch welche von euren selbstgemachten Marzipankartoffeln?"

Spät am Abend saßen mein Mann und ich noch bei einem Glas Wein zusammen und waren uns einig, dass es auch für uns als Eltern im Großen und Ganzen ein durchaus gelungener Weihnachtsabend gewesen war. Plötzlich fragte er: „Was meinst Du, wann sollen wir den Kindern ihre Geschenke geben, morgen beim Frühstück oder erst, wenn Vater wieder abgereist ist?"

Ich fiel aus allen Wolken.

„Du hast ihnen doch etwas gekauft?"

Er nahm mich in den Arm.

„Nur ein Geschenk für jedes Kind … diesen Teddy aus Plexiglas für Jette und das iPhone für Tim … Das geht doch gar nicht: Weihnachten ganz ohne Geschenke …"

Ich wollte aufbrausen.

„Pst! Du hast doch gehört, was Vater vorgelesen hat: Friede den Menschen auf Erden, die guten Willens sind".

* Care = Cooperative for American Remittances to Europe; eine Hilfsorganisation nach dem 2. Weltkrieg

Friede, Freude, frohes Fest?

Schon im Januar wurde in der Familie die Frage diskutiert: „Und wer nimmt von jetzt an Oma Ruth zu Weihnachten?" Es war am Tag von Rudolfs Beerdigung. Ruth selbst war unfreiwillig Zeugin eines Gespräches zwischen ihren Schwiegertöchtern Nora und Annegret geworden.

Es war ein trauriger, kalter Tag. Während des Trauerfrühstücks saßen die Familie, einige Nachbarn, ehemalige Arbeitskollegen und Freunde von Rudolf an langen, weiß gedeckten Tischen und räumten hungrig und schweigend zunächst die Platten mit Schinken- und Käsebrötchen leer, um sich dann Bergen des traditionellen Butterkuchens zuzuwenden. Ruth ließ Noras unermüdliche Aufforderungen, doch bitte wenigstens noch eine Tasse Kaffee zu trinken, widerwillig über sich ergehen.

„Mutter, denk an deinen niedrigen Blutdruck! Es kommen schwere Tage auf dich zu, nun, da Vater nicht mehr ist. Wie bitte? Der Schinken ist zu salzig? Dann iss doch Butterkuchen! Du hast keinen Appetit? Mutter, ich darf dich daran erinnern, dass Ludger mehrfach gesagt hat, es gebe weiß Gott bessere Gaststätten, aber du hast auf dieser bestanden, weil Vater hier den Butterkuchen immer am besten fand: nur hier würde er noch mit richtiger Butter und nicht mit Konditorersatzfett gebacken. Überhaupt sei guter Butterkuchen das einzig Erträgliche an Beerdigungen, hat er immer betont, und nun sind wir seinetwegen hier und du isst nichts davon, Mutter!"

Ruth reagierte mit wortlosem Schulterzucken: „Wenn sie mich doch endlich in Ruhe ließen und verschwinden würden! Aber diesen ‚Leichenschmaus‘ gilt es jetzt wohl durchzustehen."

Die anfangs nur geflüsterten Gespräche wurden mit der Zeit lebhafter, hier und da klang bereits ein gedämpftes Lachen auf: „Schön, dich auch mal wieder zu sehen ... ist es nicht bedauerlich, dass man nur noch zu Beerdigungen zusammentrifft? Wie geht es Tante Irmgard? Habt ihr schon Urlaubspläne? Wo soll's denn hingehen?"

Man unterhielt sich angeregt.

Ruth fiel auf, dass über den Verstorbenen schon nicht gesprochen wurde. Auch dass die meisten Trauergäste es vermieden, sich an sie als die hauptsächlich betroffene Witwe zu wenden oder sie in Gespräche einzubeziehen, irritierte sie. Doch dann erinnerte sie sich ihrer eigenen Hilflosigkeit bei Beerdigungen. „Der Tod gehört zum Leben!" Ach, das sagt sich so leicht ...

Nora wandte sich mit einem resignierten Seufzer und Augen verdrehendem Blick zur verräucherten Zimmerdecke wieder ihrer Gesprächspartnerin gegenüber zu, einer Frau „mit routinierter Leichenbittermiene", wie Ruth fand.

„Wer ist die schwarze Amsel?", fragte sie halblaut, worauf Nora ihr schrill lachend Auskunft gab und sich dabei eines Tonfalles bediente, als seien bei Ruth erste Anzeichen der Alzheimer-Krankheit erkennbar. „Aber Mutter, das ist doch Frau Koch von der Finkenstraße ... Frau Koch, meine Schwiegermutter hat Sie in Ihrem neuen schwarzen Kleid fast nicht erkannt. Ja, heute wird aber auch alles ein bisschen viel für sie ... schrecklich, wenn der Tod so plötzlich und unerwartet kommt ... nicht umsonst wird in einer der katholischen Litaneien gebetet – ich weiß jetzt beim besten Willen aber nicht in welcher –: Vor einem jähen Tode bewahre uns, o Herr ..."

„Mama, was ist ein jäher Tod?", fragte Ruths achtjährige Enkelin Tanja. Nora schlug einen lehrerhaften Tonfall an und erklärte dem Kind, das Wort „jäh" sei ein heute nur noch selten gebrauchtes Wort, das soviel wie plötzlich, unvorhersehbar bedeute, und wenn der Tod jäh komme, sei es eben besonders schrecklich. Dann könne man nicht Abschied nehmen, seine Angelegenheiten nicht mehr in Ordnung bringen, Menschen, denen man eventuell Unrecht getan habe, nicht mehr um Verzeihung bitten ...

„Aber Vater hat sich immer einen ‚jähen' Tod gewünscht, auf jeden Fall ohne ein langes vorangehendes Leiden", wagte Ruth an dieser Stelle einzuwenden „und seine ‚Angelegenheiten', wie du es nennst, waren in Ordnung, in jeder Beziehung".

Nora war anzumerken, dass sie eine – vermutlich giftige – Replik herunterschluckte. Genervt und ungeduldig verdrehte sie die Augen abermals gen Himmel. Frau

Koch aber begann unaufgefordert und lautstark, sich über den Vorteil rechtzeitig angeschaffter Trauergarderobe auszulassen. Die komme ja nun im vorgerückten Alter doch zwangsläufig immer häufiger zum Einsatz, daher lohne es sich auch, auf Qualität und zeitlose Eleganz zu achten; modischer Schnickschnack sei angesichts des Todes jedenfalls unangebracht, was Nora mit Leidensmiene, bedeutsamem Kopfnicken und schier versagender Stimme bejahte.

Das hält keiner aus, dachte Ruth. „Ich muss mal raus," sagte sie laut, stand auf und warf Nora auf deren Frage, „Kommst du alleine zurecht?", einen vernichtenden Blick zu. An der Theke bat sie, man möge ihr ein Kännchen Kaffee und etwas Butterkuchen in einen unbenutzten Nebenraum bringen. „Gehören Sie zu der Trauergesellschaft?", fragte die Wirtin. „Ich bin die Witwe", entgegnete Ruth, worauf die Wirtin sich wortreich entschuldigte. „Ist alles in Ordnung?" In ihrer Stimme klang plötzlich warmherzige Anteilnahme.

„Es geht schon, ich möchte nur ein wenig allein sein."

In einer Nische des kleinen Zimmers fühlte sie sich endlich ungestört. „Du hattet recht, Rudolf", begann sie in Gedanken ein Gespräch mit dem Toten, „der Butterkuchen hier ist tadellos, auch den Kaffee kann man trinken. Wie sehr würde ich ihn genießen, wenn du an meiner Seite säßest ..." Sie suchte in der Tasche ihres schwarzen Kostüms nach einem Taschentuch und ließ den lange zurückgehaltenen Tränen endlich freien Lauf. „Dein Wunsch nach einem kurzen, schmerzlosen Ende ist in Erfüllung gegangen, aber was soll ich nun tun?"

Mehr als eine halbe Stunde lang bemerkte niemand ihre Abwesenheit. Ludger, ihr Ältester, hatte die Gesamtorganisation der Beerdigung übernommen: „Mutter, überlass das alles ruhig mir." Die Stimmen der Trauergesellschaft im Saal nebenan nahmen an Lautstärke weiter zu: offensichtlich wurden nun für die Damen Likörchen und für die Herren Bier und Schnäpse gereicht.

„Jetzt versaufen sie dein Fell, Rudolf", sagte Ruth schluchzend.

Noras kehlige Stimme drang trotz des Lärmpegels bis zu ihr hinüber. „Also gut, ein kleines Stückchen noch, mehr darf ich mir nicht leisten, denn wie sagt das Sprichwort? Aller guten Dinge sind drei ... Wissen Sie, mein Göttergatte behauptet immer: Süßigkeiten hat man eine Minute im Mund, einen Tag im Magen, ein Leben lang auf den Hüften! ... ja, er kann sehr originell sein! hahaha ..." Ein fast bellendes Lachen folgte.

„Dass Ludger dieses Organ aushält! Und das schon seit zehn Jahren!", ging es Ruth durch den Kopf.

Kurz darauf betraten Nora und Annegret überraschend den Nebenraum. Ohne Ruth in ihrer Ecke zu bemerken, setzten sie sich rauchend an einen Tisch. Ein vor sich hin kränkelnder Ficus, eine üppige, künstliche Begonie und die unvermeidliche Yuccapalme aus immergrünem Plastik gaben Ruth, die sich so tief als möglich in die Nische zurückzog, zusätzlich Sichtschutz.

„Also, wir müssen uns früh genug einigen, wer Oma Ruth von nun an zu Weihnachten nimmt ... alleinlassen können wir sie nicht, das ist klar, aber Ludger und ich fahren mit den Kindern jedes Jahr nach Moritz, das lassen wir uns nicht kaputtmachen, auf diese Entspannung können und wollen wir nicht verzichten, und natürlich können wir Ruth nicht mitnehmen ... erstens hat sie keine Garderobe für ein Nobelhotel und überhaupt ..." Das war unverkennbar Noras Stimme. Annegret gab ihrerseits in leidendem Tonfall zu bedenken, dass sie sich zu Weihnachten auf gar keinen Fall um noch eine zusätzliche Person kümmern könne. Wolfgang und sie hätten ja schon seit Ewigkeiten ihre eigenen Eltern bei sich – „und du kannst mir glauben, dass das kein Zuckerschlecken ist!" – und jetzt womöglich auch noch Ruth? Ausgeschlossen! „Seit Jahren mache ich einen auf Altenbetreuung!" Was allein die Essensfrage für Probleme aufwerfe: Für die Alten müsse ja immer alles butterweich zubereitet, also quasi totgekocht werden. Ludger frage schon immer: Gibt's wieder Mus und kerngesunde Krankenkost?! Und ihr Vater bestehe hartnäckig auf Gans: nicht ein einziges Mal in acht Jahren habe sie etwas anderes auf den Tisch bringen dürfen als Gans! „Gans oder gar nichts!" sei sein Motto, und über dieses Wortspiel habe man gefälligst zu lachen: hahaha! Ach, wie gern hätte sie zur Abwechslung einmal ein Stück Wild oder eine Pute zubereitet! Und: „Auch wir würden am liebsten wegfahren, irgendwohin, wo es keine Weihnachtsbäume gibt, keinen Geschenketerror, keine Weihnachtslieder: Oh je, du fröhliche! Vor allem kein Blockflöte-Üben: Lieb Nachtigall wach auf. Manchmal möchte ich schreien: Lieb Nachtigall, HÖR AUF! Weihnachten liegen meine Nerven blank, aber alle Jahre wieder bleibt die Altenbetreuung an mir hängen, an wem denn sonst? Mit der größten Selbstverständlichkeit bin ich es, die vor dem 3. Advent das Gästezimmer putzt, das ganze Haus weihnachtlich dekoriert, zehn verschiedene Sorten Plätzchen bäckt und an den drei Weihnachtstagen am Herd steht ... und ich bin es, die am Heiligen Abend singt, und zwar alleine, weil Wolfgang nicht singen kann und die Kinder nicht singen wollen, denn Weihnachtslieder sind nicht „cool". Aber mein Vater sagt, ohne Weihnachtslieder komme bei ihm keine Weihnachtsstimmung auf. Und danach immer diese nicht enden wollenden Mitternachtsmetten in der überfüllten Kirche! Und dieses Weihrauchgeschwenke! Schon dreimal ist Mutter davon schlecht geworden und ich musste sie noch vor der Wandlung an die frische Luft schleppen, aber im nächsten Jahr will sie wieder hin! Also nein, ich hab die Schnauze voll von Weihnachten und vor allem von weihnachtlicher Altenbetreuung."

Auch Nora fiel noch allerhand – ausschließlich Unerfreuliches – zum Fest der Feste ein: „Weihnachten ist, wenn man viel frisst", aber: „Wir müssen das Thema im Auge behalten, spätestens beim Sechswochenamt sollten Entscheidungen getroffen werden ... muss man da eigentlich aufkreuzen? Wenigstens eine von uns könnte sich doch pünktlich eine Grippe oder so was zulegen ..." Sie kicherten.

Das Gespräch ging noch eine Weile hin und her, dann drückten sie ihre Zigaretten aus. Kurz bevor sie den Raum verließen, bemerkte Nora ein bisschen süffisant, Oma

Ruth nehme den Tod ihres Gatten ja eigentlich doch recht gelassen, fast sportlich: keine Tränen, kein Drama am Sarg, nichts dergleichen. „Du wirst es sehen, die macht sich noch ein paar gute Jahre als lustige Witwe ... wo steckt sie überhaupt? Du, wo ist Oma Ruth überhaupt geblieben?" Ihre nun doch etwas beunruhigten Stimmen entfernten sich, die Tür schlug zu und Ruth war wieder allein.

Ihre Gedanken jagten dem soeben Gehörten nach. „Hast du das gehört, Rudolf? Ich jammere und klage zu wenig über deinen Tod, was sagst du dazu? Dabei würde ich dir am liebsten folgen ..." Ihre Tränen vermischten sich mit dem letzten Schluck Kaffee. „Wenn sie unbedingt Dramatik bei deiner Beerdigung brauchen, warum hat Ludger nicht ein halbes Dutzend Klageweiber organisiert? Er macht doch sonst immer alles so perfekt!"

Sie wartete noch eine Weile, ehe sie ihre Tränen trocknete und zu den anderen zurückkehrte.

„Altenbetreuung", das Wort irrlichterte für den Rest des Tages und während der folgenden zehn Monate durch ihren Kopf.

Rudolf mit seinen achtundsechzig Jahren war ihr nie alt erschienen. „Und ich? Natürlich bin ich nicht mehr jung, man wird etwas langsamer, aber immerhin bin ich gesund und selbständig. Wieso meinen sie, mich betreuen zu müssen? Fällt es unter Altenbetreuung, dass Ludger und Nora mit den beiden Kindern alle acht Wochen zu mir zum Sonntagsnachmittagskaffee kommen und Nora es angeblich mit Rücksicht auf mein Alter nicht zulässt, dass ich selbst Kuchen backe? Stattdessen bringt sie grässlichen, gekauften Kuchen mit. Und hat Ludger seinen Kindern meiner sechsundsechzig Jahre wegen eingeredet, sie sollten Oma Ruth öfter mal beim Rommé gewinnen lassen?"

Den Braten hatte sie früh genug gerochen, weil die Kinder auffällig kicherten und tuschelten und sich augenzwinkernd miteinander verbündeten. Ruth, die Kartenspiele als reine Unterhaltung betrachtete und sich über ein gewonnenes Spiel zwar freute, sich über ein verlorenes aber nicht sonderlich aufregte, hatte sich daraufhin besonders konzentriert und mit Hilfe eines guten Blattes viermal hintereinander gewonnen, worauf Tanja zu heulen anfing und Olaf sich auf den Teppich warf, allerhand Unflätiges brüllend, von dem Ruth fand, das dürfe man einem Achtjährigen nicht durchgehen lassen. Die sich anschließende kontrovers und hitzig geführte Diskussion mit Ludger und Nora über „Kindererziehung einst und jetzt" hatte sie regelrecht genossen.

„Altenbetreuung? Ich denke, soweit sind wir noch nicht!"

Inzwischen war es Dezember geworden. Ruth hatte einsame Tage und Wochen verbracht und „Trauerarbeit" geleistet. Rudolf und sie hatten damals, in den sechziger Jahren, häufig über diesen Begriff diskutiert, ihn aber mehr belächelt als ernst genommen. Nun aber, nach Rudolfs Tod, waren „Trauerarbeit" und „Altenbetreuung" die Worte, die sie am meisten beschäftigten. Letzteres hatte sie nach langem Nachdenken zu ihrem persönlichen

„Unwort des Jahres" erklärt.

Heute war der erste Advent. Ruth stellte grünstachelige Ilexzweige mit roten Beeren in einer Vase auf das Tischchen, von dem aus Rudolf den Betrachter aus einem Silberrahmen anlächelte. „Liebling, du hast es gut und musst Weihnachten nicht zur Altenbetreuung," sagte sie halblaut zu dem Foto und wischte mit dem Ärmel ein paar Staubpartikel von der Glasscheibe. „Wolfgang und Annegret haben mich eingeladen: sie müssten wegen der Schwiegereltern ohnehin zu Hause bleiben, ich solle also ruhig dazu kommen", erzählte sie dem Toten. „Es ist mir klar, dass sie mich nicht aus lauter Kindesliebe einladen, aber Annegrets Eltern und ich, das gehe dann in einem Aufwasch. Wahrscheinlich haben sie Angst vor ihrem eigenen schlechten Gewissen."

Sie betrachtete Rudolfs Gesicht genau. Eine ihrer Freundinnen behauptete steif und fest, sie könne von den Fotos ihres vor drei Jahren verstorbenen Mannes immer Zustimmung oder Ablehnung, Freude oder Unmut ablesen, ja, sie unterhalte sich manchmal richtig mit ihm.

„Du sprichst nie mit mir, Liebling", sagte Ruth in das unentwegt freundlich lächelnde Gesicht und stellte das Foto wieder an seinen Platz. „Aber du hast mich meine Entscheidungen ohnehin meistens selbst treffen lassen und darauf vertraut, dass ich keine Dummheiten mache. Wenn jetzt allerdings ein Rat von dir käme, fiele mir ein Entschluss leichter: Soll ich zur ‚Altenbetreuung' gehen? Soll ich mich am Heiligen Abend mit Annegrets Eltern über unzuverlässige Putzfrauen, drastisch erhöhte Preise, angeblich falsche ärztliche Diagnosen, nutzlose Medikamente und deren katastrophale Folgen unterhalten? Und soll ich mich dem Quengeln der Kinder aussetzen, weil sie unter Garantie wieder nicht genug oder etwas Falsches geschenkt bekommen werden? Oder soll ich Weihnachten wie gewohnt hier bleiben, allerdings ohne dich?"

Seit ihre Söhne mit eigenen Familien feierten, hatten sie und Rudolf es immer vorgezogen, die Festtage ungestört und auf ihre Art zu begehen, nämlich wie in den ersten, noch kinderlosen Jahren ihrer Ehe: mit einem kleinen Tannenbaum und nur einem Geschenk für jeden, friedlich und einträchtig. Zusammen hatten sie sich etwas Schönes gekocht, Weihnachtslieder dabei gesungen, einen guten Tropfen getrunken und gemeinsam in der Küche wieder „klar Schiff" gemacht. Danach hockten sie sich oftmals sogar am Heiligen Abend an den Küchentisch und diskutierten über Gott und die Welt, mitunter schon im Schlafanzug, wenn ihnen immer noch etwas einfiel oder auf der Seele brannte.

„Wir beide haben uns nicht alt gefühlt, nicht wahr? Wir lebten nach dem Spruch: Als das Alter kam, waren wir nicht zu Hause. Natürlich änderten sich unsere Wertmaßstäbe; Dinge, die uns in jungen Jahren gleichgültig waren, bekamen plötzlich Bedeutung; anderes, was früher erstrebenswert, unentbehrlich erschien, wurde belächelt. Selbstverständlich hatten wir uns auch äußerlich verändert, aber das machte uns immer nur der Blick in den Spiegel bewusst. Wir hatten keine Geheimnisse voreinander, außer solchen, die jeder Mensch für sich behalten möchte und darf. Du konntest gut zuhören, Liebling. Viele Frauen beklagen sich, dass ihre Männer ihnen nicht zuhören. Du gehörtest nicht zu ihnen. Aber dass du jetzt nur noch zuhörst und ich von deinem fotografierten Gesicht keinerlei Antwort ablesen kann, das macht mich ratlos und traurig, auch wenn ich es dir gönne, dass du nicht zur Altenbetreuung gehen musst. Na, ich werde es mir noch überlegen."

Am zweiten Advent rief Annegret wieder an: „Mutter, ich möchte dich nicht drängen, aber Wolfgang muss wissen, wie du dich entschieden hast, was deinen Besuch bei uns betrifft. Er hat nämlich durch puren Zufall einen Bauern kennengelernt, der selbst Gänse züchtet, stell dir vor: Freilaufgänse, total ökomäßig gefüttert mit Biogetreide, irrsinnig teuer natürlich, aber Wolfgang ist der Meinung, wenn man sich Weihnachten nichts Gutes gönnt, wann denn sonst? Der Bauer liefert seine Ökogänse über eine Feinschmeckerzeitschrift an die nobelsten Gastrotempel, und Wolfgang sagt, er muss jetzt wissen, mit wie vielen Personen er zu Weihnachten rechnen muss ... oder darf, und es wird allerhöchste Zeit, dass er dem Bauern seine Bestellung aufgibt, sonst sind womöglich alle Gänse vorbestellt und vergeben und wir müssen wieder tiefgefrorene von Gott weiß woher essen."

Ruth hörte der plätschernden Stimme noch eine Weile zu und sagte, sie werde es sich bis zum dritten Advent überlegen, Wolfgang könne die Gans ja auf jeden Fall schon mal bestellen. Wenn diese denn eine solche kulinarische Kostbarkeit sei, werde er sich notfalls ihren Anteil bestimmt noch einverleiben können – falls sie es im letzten Moment doch vorzöge, zu Hause zu bleiben.

Annegret legte pikiert auf und Ruth schaute neuerlich fragend zu Rudolfs Foto, der aber nur lächelnd zurückschaute.

Am dritten Advent kündigte sie ihren Besuch bei Wolfgang und Annegret an. Was sie schließlich zu dem Entschluss bewogen hatte, war ihr selbst nicht recht bewusst, aber Redensarten wie „Blut ist dicker als Wasser" ließen sich nicht aus ihrer Erinnerung verbannen.

„Aber höchstens für drei Tage!" („Besuch und Fisch halten nur drei Tage frisch" war einer von Rudolfs Sprüchen gewesen, dem sie sich immer ohne Widerspruch angeschlossen hatte.)

Ob die Kinder spezielle Wünsche hätten, fragte sie ins Telefon. Ach, das sei das Schwerste am ganzen Weihnachten, sagte Annegret mit resignierter Stimme, diese Schenkerei. Klar sei, dass heutige Großmütter ihren Enkeln nicht mehr mit selbstgestrickten Socken oder Fausthandschuhen das berühmte Glänzen in die Augen zaubern könnten, von dem die Altvorderen noch immer schwärmten, aber sie solle sich keine Gedanken machen: Bargeld sei immer willkommen, sie könne es ja hübsch verpacken. Es gebe doch eigens Bastelbücher mit Bastelerläuterungen zum Thema: „Geldgeschenke originell verpackt!" Sie solle sich mal in den Bastelläden und Buchhandlungen umschauen, Zeit habe sie ja jetzt in Hülle und Fülle.

Ruth legte den Hörer auf und schaute fragend zu Rudolf hinüber.

„Wie viel Geld schenkt man neun- und zehnjährigen Kindern zu Weihnachten, damit ihre Augen glänzen?" Dann erinnerte sie sich plötzlich, dass er sie einmal höchst unsentimental darauf aufmerksam gemacht hatte, dass Kinderaugen, die in eine brennende Kerze schauen, zwangsläufig glänzen: „Das hat was mit Physik zu tun: Die Pupille ist ein sogenannter Lichtempfänger, sie nimmt also das künstliche Licht der Lichtquelle, in diesem Falle das der Kerze, auf, und die Iris reflektiert es ... egal ob das Kind mit seinen Geschenken glücklich und zufrieden ist oder nicht: im Kerzenlicht glänzen die Augen eben." Sie hauchte einen Kuss in Rudolfs lächelndes Gesicht und lächelte ebenfalls.

Am 23. Dezember packte sie ihren Koffer. „Wahrscheinlich nehme ich für die kurze Zeit wieder viel zu viel mit", sagte sie sich. Noch war das Wetter zwar trocken, aber die Meteorologen hatten sich mit ihren Prognosen für die Weihnachtstage noch nicht festlegen wollen. Wenn es nun doch Schnee gäbe? Also die hohen, festen Schuhe mussten auf jeden Fall mit, obwohl der Koffer damit schon fast voll war, wie ihr schien. Dann ein dicker und ein mittlerer Pullover, ebenso das Schultertuch aus Kaschmir von Rudolf, das sowohl zum Wärmen als auch zum „Feinmachen" unentbehrlich war, falls bei der „Altenbetreuung" festliche Garderobe erwartet würde. Zum Schluss packte sie Rudolfs Foto in ein Taschentuch und steckte es in ihre Handtasche.

Sie sah sich um. Seit dem Tode ihres Mannes hatte sie in der Wohnung nur wenig verändert. Lediglich seine Kleider, Schuhe, Hausschuhe und ähnliches wurden nach langem Überlegen schweren Herzens weggegeben; Ludger und Wolfgang hatten nur ein paar Kleinigkeiten mitgenommen. Im Badezimmer erinnerte nichts mehr daran, dass sie es mehr als drei Jahrzehnte mit einem Mann und zwei Söhnen geteilt hatte. Verschämt lächelnd gestand sie sich ein, dass es sehr viel weniger unordentlich war, seit sie es alleine benutzte.

Sie prüfte, ob kein Wasserhahn tropfte, die Thermostaten an den Heizkörpern auf Stufe 1 standen, alle Elektrogeräte ausgeschaltet waren, und ging dann zum Telefon, um ein Taxi zu rufen: „Zum Bahnhof bitte, der Zug geht um 15.03 Uhr."
Sie löschte das Licht und verschloss die Eingangstür.
„Schicksal, nimm deinen Lauf! Auf zur weihnachtlichen Altenbetreuung!"

„Fröhliche Weihnachten", rief der Taxifahrer hinter ihr her, nachdem er das großzügig aufgerundete Fahrgeld nachgezählt hatte. Ruth machte eine flüchtig winkende Handbewegung in seine Richtung und zog ihren Koffer über den Bahnhofsvorplatz. „Dein Wort in Gottes Ohr", murmelte sie.
In der Eingangshalle stand sie eine Weile unschlüssig. Seit Jahren war sie nicht mehr mit dem Zug gefahren. Zwar hatten sie und Rudolf viele Reisen unternommen,

aber immer mit dem eigenen Auto, wobei sie sich beim Fahren abgelöst hatten, wenn es längere Strecken zu bewältigen galt. Auch heute hätte sie lieber den Wagen genommen, aber Annegret hatte dringend vor der weiten Fahrt gewarnt und den Telefonhörer sogar an Wolfgang weitergereicht: „Wolfgang, sprich du mit deiner Mutter."

„Mutter, tu uns das in deinem Alter nicht an, wir werden vor Unruhe nicht schlafen können. Der Verkehr wird enorm sein, du musst mit Staus rechnen, es soll Glatteis geben. Vater würde sich im Grabe umdrehen und es uns nie verzeihen, wenn wir es zuließen, dass du mit dem Auto fährst. Versprich uns, dass du den Zug nimmst, und zwar erster Klasse. Wir bezahlen dir die Differenz zur zweiten Klasse, dann haben wir auch gleich ein Geschenk für dich und brauchen uns nicht lange den Kopf zu zerbrechen."

„Wie rührend liebevoll! Und wie praktisch ... und immer ökonomisch! Typisch Wolfgang", dachte Ruth, war aber folgsam zum Bahnhof gegangen und hatte sich eine Fahrkarte erster Klasse mit Platzreservierung besorgt. „Wagen Nr. 12, Platz 16, Nichtraucher" stand auf dem Ticket.

Während sie auf die Einfahrt des Zuges wartete, stellte sie überrascht fest, dass nur wenige Reisende auf dem Bahnsteig standen. „Gut, dass ich mich entschieden habe, schon heute zu fahren, morgen sieht es hier sicher anders aus," ging es ihr durch den Kopf.

Der Wagen Nr. 12 hielt fast vor ihren Füßen. Ein netter Schaffner hob ihr den Koffer in den Waggon. „Donnerwetter, da hat das Christkind aber allerhand zu verteilen! Gute Fahrt und fröhliche Weihnachten", sagte er leutselig.

„Na, das fängt ja gut an!"

Sie zog ihren Koffer in das Großraumabteil und suchte den laut Fahrschein vorbestellten Fensterplatz Nr. 16. Da drüben waren zwei freie Plätze. Ein älterer Herr hatte sogar eine ganze Sitzreihe für sich. Sie verglich sicherheitshalber noch einmal die Platznummer mit der Nummer auf ihrem Ticket – es stimmte.

„Haben Sie den richtigen Platz gefunden?", fragte der ältere Herr. Ruth nickte. „Darf ich Ihnen dann den Koffer hinauf heben?" Sie lächelte erfreut und erleichtert. „Danke, aber er ist sehr schwer."

„Tatsächlich", lächelte der Unbekannte zurück, „aber zufällig habe ich heute ein Holzfällermittagessen verspeist, ich werde es schon schaffen." Und er hob den Koffer schwungvoll in die Ablage über ihrem Platz.

„Das fängt tatsächlich gut an," dachte Ruth abermals, legte ihre Handtasche auf den Sitz und zog ihren Mantel aus. „Darf ich?" Sie fühlte, dass Hände den Mantel am Saum des Kragens ergriffen und ihr aus den Ärmeln halfen. „Sehr liebenswürdig, danke", murmelte sie. Der Herr zuckte fast entschuldigend mit den Achseln, setzte sich wieder und meinte: „Alte Schule, es sitzt uns einfach in den Knochen. Dabei schätzen es die heutigen Damen meist gar nicht, wenn man ihnen mit diesen altmodischen Umgangsformen kommt, von wegen Emanzipation und so."

„Ich bilde mir zwar ein, auch einigermaßen emanzipiert zu sein, aber mich haben gute Umgangsformen noch nie gestört", bedeutete Ruth ihm. „Schön, dass wir uns einig sind", entgegnete der Mitreisende und verschwand freundlich lächelnd hinter seiner aufgeschlagenen Zeitung.

Ruth nahm eine Illustrierte aus ihrer Tasche, die sie als Reiselektüre am Kiosk erstanden hatte, und begann darin zu blättern: „Originelle Weihnachtsgeschenke in letzter Minute."

Für Herren schlug die zuständige Redakteurin unter anderem Golfhandschuhe aus neuartigem, garantiert rutschsicherem Material vor, bzw. – für den kleinen Geldbeutel – ein handliches, kreisförmiges Rundmesser zum Entfernen von Verschlussfolien an Weinflaschenhälsen. Mit Kaschmirschals könne man auch nichts falsch machen. Gelangweilt schlug sie das Heft wieder zu und sah eine Zeitlang zum Fenster hinaus, wo hinter dunstigen Nebelschwaden über grünen Wiesen und Äckern mit Wintergerste eine blasse Wintersonne im Begriff war unterzugehen. Sie sah auf die Uhr: Sonnenuntergang? Schon jetzt? „Ach ja, vorgestern war der 21. Dezember, der kürzeste Tag des Jahres", fiel ihr ein.

Heute vor einem Jahr hatten sie und Rudolf sich zusammen in den vorweihnachtlichen Einkaufsrummel gestürzt. Die Stadt und die Läden waren überfüllt gewesen; mehr oder weniger fortgeschrittene Musikstudenten standen in den Einkaufspassagen und dudelten auf unterschiedlichen Instrumenten ihr weihnachtliches Repertoire herunter, den aufgeklappten Instrumentenkoffer mit ein paar Lockmünzen darin auffällig vor ihren Füßen. Nur einer hatte wirkliches Talent bewiesen und auf seiner Querflöte ein so wunderschönes, Ton sauberes und zartes „Maria durch ein'n Dornwald ging" gespielt, dass sie ihm Arm in Arm mehrere Minuten zugehört hatten, von dieser altbekannten Melodie an Kindheitstage und Kindheitserlebnisse erinnert.

Der Herr gegenüber faltete geräuschvoll seine Zeitung zusammen, legte sie neben sich und sah zunächst den Zettel mit Ruths Platzreservierung, dann sie selbst an. „Ich sehe, dass wir das gleiche Ziel haben." Mit diesem Satz holte er sie aus ihren Erinnerungen.

„Das hört sich an, als wolle er sich unterhalten", mutmaßte Ruth, unsicher, ob sie lächeln oder sich abweisend geben sollte. Sie las ihrerseits das Schildchen über seinem Kopf: „Tatsächlich", erwiderte sie knapp. Er sieht eigentlich nett aus, vielleicht sogar gut? Jedenfalls nicht wie ein ... wie ein ...

„Kennen Sie Freiburg?" fragte er. Sympathische Stimme, stellte Ruth bei sich fest. „Nicht besonders gut", gab sie zur Antwort. „Eigentlich nur von den nicht allzu häufigen Besuchen bei unseren Kindern, aber da hockt man dann meist mit der Familie zusammen und hat sich viel zu erzählen, die Fortschritte der Enkelkinder wahrzunehmen und und und ..." „Ach, Sie verbringen Weihnachten bei ihnen? Dann ist Ihr Koffer wohl so schwer von vielen Geschenken fürs Christkind?"

Ruth war, bevor sie Autofahren konnte und lange vor ihrer Heirat, häufig mit dem Zug gereist. Manchmal hatte sie redselige Mitreisende getroffen, die ihr während der stundenlangen Fahrten ihre ganze Vita mit sämtlichen Handlungsnebensträngen erzählt hatten. Die Zeit war mit solchen Reisebegleitern immer wie im Fluge vergangen.

„Halten wir also wieder mal ein Plauderstündchen, warum auch nicht? Vielleicht verkürzt sich so die Fahrzeit auch dieses Mal auf unterhaltsame Art und Weise", dachte Ruth und legte ihre Illustrierte ebenfalls zur Seite.

„Nein, die Geschenke für meine Enkel wiegen so gut wie nichts, man hat mir signalisiert, dass sie sich Geld wünschen," antwortete sie. „Für die Dinge, die heutige Kinder interessieren, habe ich als entfernt lebende Großmutter wenig Gespür, z.B. ist mir der ganze Computerkram fremd. Um ehrlich zu sein: das ganze Weihnachtsfest, wie meine Kinder es feiern, ist mir fremd." Sie zögerte einen Moment, ehe sie weitersprach: „Ich fahre zur Altenbetreuung."

„Wie darf ich das verstehen?", fragte ihr Gegenüber.

„Ich habe Grund zu der Annahme, dass ich nicht sonderlich willkommen bin. Meine Schwiegertöchter würden das Fest lieber ohne mich und anderswo verbringen oder einfach ausfallen lassen, aber meine Söhne konnten sich von den überlieferten Zwängen noch nicht befreien: zu Weihnachten muss man sich anstandshalber um Alte und Alleinstehende kümmern. Sie haben mit Streichholzziehen ausgelost, wer mich nehmen muss, und mein Sohn

Wolfgang hat im wahrsten Sinne des Wortes den Kürzeren gezogen. Im nächsten Jahr findet die Altenbetreuung dann bei meinem anderen Sohn statt ... falls ich es nicht vorziehe, zu Hause zu bleiben."

Eine Weile schwiegen sie. „Und was hat Sie dennoch zu der Reise bewogen?"

Ruth zuckte ratlos mit den Schultern. „Ich weiß es nicht genau ... Weihnachten, Fest der Liebe, Familie ... Alleine zu Hause zu sitzen schien mir keine wesentlich bessere Alternative."

„Meine Situation ist der Ihren nicht unähnlich", sagte der Fremde nachdenklich. „Auch ich fahre mit sehr gemischten Gefühlen zu meiner Tochter. Ich habe lange hin und her überlegt, ob ich ihre Einladung annehmen soll, aber ... Wie Sie schon sagten: Weihnachten ist eben Weihnachten. Jedes Jahr ertappe ich mich dabei, dass ich immer noch hoffe und wünsche, es würde vielleicht diesmal wieder so ein Fest wie früher werden, ein Fest mit Vorfreude und Heimlichkeiten und Überraschungen und Weihnachtswundern, aber es wird von Jahr zu Jahr schaler und immer weniger festlich. Vielleicht, wenn Kinder da wären ... Glauben Ihre Enkel noch an den Weihnachtsmann oder ans Christkind?"

„Nein, der Weihnachtsmann sei nur ein Werbegag, eine Spinnerei aus Amerika, sagt meine Schwiegertochter, und vom Christkind hat sie ihnen nie erzählt. Sie ist der Meinung, man dürfe Kinder nicht belügen, womit sie natürlich recht hat. Tja, wenn sie meint, dass die Existenz des Christkindes auch eine unbewiesene Erfindung ist, dann ... Ihr ausgesprochenes Pech war nur, dass ihre Sprösslinge im Kindergarten vom Christkind gehört hatten und mit aller Macht daran glauben wollten, ebenso an Maria und Josef und die Engel und die Hirten auf dem Felde und die Heiligen drei Könige ... jedenfalls geriet über Jahre ihr ganzes modernes Erziehungskonzept aus den Fugen und sie lief ratsuchend von einer Frauengruppe in die nächste. Ich bin gespannt auf den momentan als pädagogisch einwandfrei richtig erkannten Standpunkt. Haben Sie ans Christkind geglaubt?"

„Aber ja, natürlich, und wie!"

„Bis zu welchem Alter?", fragte Ruth.

Ihr Gegenüber überlegte. „Wenn ich mich recht erinnere, war ich noch nicht eingeschult." „Und wer oder was hat Ihnen die Augen geöffnet?"

„Wollen Sie das wirklich wissen? Es ist eine längere Geschichte ..."

Ruth schaute auf ihre Armbanduhr. „Wir sitzen noch mindestens zwei Stunden zusammen in diesem Abteil, haben also Zeit genug ... Sie erzählen mir eine Weihnachtsgeschichte, ich erzähle Ihnen eine Weihnachtsgeschichte, vielleicht kommen wir dann in weihnachtliche Stimmung und sehen beide der ‚Altenbetreuung' etwas gelassener entgegen."

„Nun gut, wenn Sie es so sehen ..." Er setzte sich bequem zurecht.

„Im Kindergarten hatten unsere ‚Frolleins', wie man damals die Erzieherinnen nannte, uns wochenlang mit allerlei Weihnachtsbasteleien beschäftigt. Sterne aus Glanzpapier hingen an allen Fenstern unserer Wohnung, das heißt, noch öfter lagen sie morgens, in ihre Einzelteile zerfallen, auf der Fensterbank, da der selbst hergestellte Kleber aus Mehl und Wasser nicht sehr zuverlässig war. Bedenken Sie, dass es 1940 weder Uhu noch andere Klebstoffe zu kaufen gab."

Ruth begann blitzschnell zu rechnen: „Aha, 1940 war er fünf Jahre alt, dann ist er heute siebenundsechzig ..."

„Wir hatten zwar zu Hause noch eine Dose sogenannten ‚Elefantenkleber' von der Firma Pelikan, oder hieß der ‚Pelikanol'? Ich weiß es nicht mehr hundertprozentig. Auf jeden Fall war er meiner Mutter für unsere Kinderbasteleien zu kostbar; wir durften nur manchmal daran riechen, denn die weiße, halbfeste Masse roch ein bisschen nach Marzipan."

„Richtig", unterbrach ihn Ruth lebhaft. „Die Dose war aus Bakelit und hatte innen eine halbrunde Aussparung für etwas Wasser und das Pinselchen, mit dem man die zu klebenden Stellen einstrich."

„Und wenn man nach Gebrauch den Deckel nicht immer wieder gut zuschraubte, trockneten Pinsel und Kleber ein und es setzte ein elterliches Donnerwetter und lange Gardinenpredigten über Materialverschwendung. Wie schön, dass wir gemeinsame Erinnerungen haben."

„Das finde ich auch. Erzählen Sie bitte weiter."

Er hat wirklich eine angenehme Stimme. Und ein sympathisches Lächeln, dachte Ruth. Und überhaupt ...

„In der letzten Woche vor Weihnachten hatten unsere ‚Frolleins' für jedes Kind die Heiligen Familie mittels einer Schablone auf Karton vorgezeichnet und wir durfte sie mit stumpfen Scheren ausschneiden, wobei man höllisch aufpassen musste, weil die über Kreuz stehenden dünnen Beine der Krippe für das Häsulein leicht abknickten."

„Häsulein?"

„Ein Ausdruck, den ich als Zweijähriger geprägt haben soll, weil mir ‚Jesulein' wohl zu schwierig auszusprechen war. Seither ist ‚Häsulein' in den internen Familienwortschatz eingegangen, das Wort kommt mir wie selbstverständlich von den Lippen", erläuterte Ruths Reisebekanntschaft mit einem etwas verlegenen Lächeln.

„Ich glaube, solche Wörter gibt es in jeder Familie," warf Ruth ein. „Außenstehenden bleiben sie in der Regel unverständlich. Wir hatten unserem Sohn, als auch er etwa zwei Jahre alt war, die Weihnachtsgeschichte erzählt, und kurz darauf sprach er, wenn von der Heiligen Familie die Rede war, von ‚Maria und Josef mit dem Legostein'. Mein Mann und ich hatten viel Spaß an dieser originellen Formulierung anstelle von Jesulein, aber unser Sohn genierte sich später für diesen ‚lingualen Lapsus', wie er es nennt, und behauptet, wir hätten uns die Geschichte nur ausgedacht ... aber ich habe Sie schon wieder unterbrochen, bitte weiter!"

„Als die Krippenfiguren fertig ausgeschnitten waren, sollten wir sie bemalen. Ich hatte und habe keinerlei Zeichentalent, und mein Christkind glich mit seinen starren Augen und dem riesigen Mund eher einem Monster als einem himmlischen Wesen, das durch die Winternacht zu fliegen imstande ist und haufenweise Geschenke bringt, und dazu noch halbnackt.

Ich zeigte meinem Großvater das Ergebnis meiner nach Maria Montessori geschulten Kunst- und Fingerfertigkeit: ‚Glaubst du, dass das Christkind so aussieht?' Aber auch er, dem ich von allen Erwachsenen am meisten vertraute, gab nur ausweichende Antworten, und ich sah dem Heiligen Abend mit tiefem Unbehagen entgegen. Um so größer war mein Entzücken, als dann am 24. Dezember doch ein hübscher Stapel heißersehnter Geschenke unter dem Baum lag, direkt neben der selbstfabrizierten Krippe mit dem gefährlich grinsenden Häsulein. Ich begann den Anker-Steinbaukasten und einen Wackelhund aus Holz zu begutachten, überraschte aber plötzlich meinen Vater mit der Frage, ob er das Christkind schon einmal leibhaftig gesehen habe.

‚Aber selbstverständlich, es fliegt in der Weihnachtszeit doch die ganze Nacht draußen herum, auch heute Abend ist es unterwegs. Die Geschenke hat es natürlich schon verteilt, aber manchmal wirft es lieben Kindern ein paar Nüsse herein. Da, da war's grad wieder, hast du's nicht gesehen?' Natürlich hatte ich nichts gesehen, aber tatsächlich prasselte eine Handvoll Nüsse auf die Fensterbank. Ich stürzte zum Fenster, schob die Gardinen auf die Seite und sah in die Dunkelheit – nichts. Lange lag ich gespannt auf der Lauer, aber weit und breit war kein Christkind auszumachen. Erst als ich mich wieder dem Anker-Steinbaukasten zuwandte, prasselte es erneut hinter mir, diesmal am anderen Fenster, und wieder lagen Nüsse auf dem Fußboden. Ich rannte ans andere Fenster. ‚Wieder nichts gesehen?', fragte mein pädagogisch nicht sehr sensibler Vater scheinheilig und schenkte sich ein neues Glas Wein ein.

Mir kamen die Tränen. Meine Mutter raunte dem Vater zu: ‚Was soll der Unfug?' Aber der fand immer mehr Gefallen an dem Täuschungsmanöver. ‚Hör auf, das Kind zu ärgern,' sagte meine Mutter in schärferem Ton, aber Vater war in Fahrt, sammelte die Nüsse vom Boden auf – was ich damals natürlich nicht bemerkte – und ließ sie hinter meinem Rücken wieder und wieder an die Scheiben prasseln, während ich verzweifelt von einem Fenster zum anderen rannte. Der Tonfall meiner Mutter wurde spitz und spitzer, Vaters Lachen immer fröhlicher. Ich aber bekam plötzlich einen Wutanfall und schlug mit aller Kraft und beiden Fäusten derart gegen die Scheiben, dass eine klirrend zerbrach. „Ich will das Christkind sehen!!!" Scherben flogen, Blut tropfte auf die Fensterbank, Vaters Lachen erstarb, meine Mutter brach in lautes Weinen aus. In höchstem Diskant fuhr sie ihren zutiefst erschrockenen Mann an: ‚Da siehst du, was du mit deinem Blödsinn angerichtet hast'. Ich aber schrie nach draußen: ‚Hau bloß ab, du blödes Christkind, wir brauchen deine Nüsse gar nicht, meine Oma hat viel schönere im Garten,' und begann, die Nüsse durch das Loch in der Scheibe auf die Straße zu werfen.

Mein zerknirschter Vater brachte voll Besorgnis den

kostbaren Anker-Steinbaukasten rechtzeitig in Sicherheit, um zu verhindern, dass ich dessen Inhalt in meiner Wut den Nüssen folgen ließ, und sagte ein ums andere Mal: ‚Rudolf, das war doch nur Spaß ... das hab ich nicht gewollt.‘‘

Er heißt auch Rudolf, registrierte Ruth überrascht.

„Meine Mutter untersuchte derweil meine Wunden und stellte erschrocken fest: O Gott, die müssen ja genäht werden! Ruf eine Taxe an, wir fahren ins Krankenhaus. Sie nahm mich auf ihren Schoß und beide sahen wir aus tränenblinden Augen zu, wie mein Blut in kleinen Tropfen ein Muster auf dem Teppich bildete, bis mein Vater endlich mit einem Handtuch herbeistürzte und es mir ungeschickt um die verletzte Hand wickelte.‘‘

Der Erzähler lachte in Erinnerung und steckte Ruth mit seinem Lachen an. „Wie ging es weiter?‘‘

„So ganz genau weiß ich es nicht mehr, aber ich entsinne mich, dass man mich in eine Taxe trug und dass mein Vater noch einmal ins Haus rennen musste, um die immer noch brennenden Kerzen am Baum zu löschen. In der Eingangshalle des Krankenhauses war eine Krippe mit fast lebensgroßen Figuren aufgebaut, die mein ausschließliches Interesse auf sich zogen: Da lag nämlich auf einem Bündel Stroh ein kräftiger kleiner Bursche mit einem kurzen, hellblauen Hemd über dem wohlgerundeten Bäuchlein und lachte uns an.

So also sieht das Christkind aus! Nur der weiße Teller, den man dem Kind unter seinen blondgelockten Kopf gelegt hatte, irritierte mich: der musste doch hart und unbequem sein. Erst später klärte man mich über den Sachverhalt und die Bedeutung von Heiligenscheinen auf.

Der Gesichtsausdruck seiner Mutter Maria deutete eine gewisse Verblüffung darüber an, dass sie soeben ein so wohlgenährtes Kerlchen geboren haben sollte. Sie streckte ihm entzückt ihre bittend zusammengelegten schmalen Hände mit den leicht auswärts gebogenen Fingerspitzen entgegen. Der Vater hingegen, gebeugt, auf einen langen Stock gestützt, stand etwas im Hintergrund und lächelte ähnlich verlegen wie mein eigener Vater, als er dem mit fliegendem Kittel herbei eilenden Arzt die Ursache meiner Schnittwunden erklären musste. Kopfschüttelnd gab dieser einer vorbeischwebenden Schwester mit weißgestärkter Flügelhaube seine Anweisungen."

„Hatten Sie keine Schmerzen?", fragte Ruth.

„Ich weiß es nicht mehr, aber bevor man mir eine leichte Narkose verabreichte, ging es mir durch den Kopf, dass diesem Häsulein mit seinen kräftigen, runden Ärmchen und den speckfaltigen Strampelbeinen – typisch Barock, wie ich viel später erfuhr – der Transport von Geschenken durch die Winternacht durchaus zuzutrauen war, aber das Werfen von Nüssen durch geschlossene Fensterscheiben, wie sollte das funktionieren? Und das alles ohne Flügel? Die Narkoseschwester beugte sich gütig lächelnd über mich und forderte mich auf, ihr zu beweisen, wie weit ich schon zählen könne, aber ich dachte nur: Ob das Christkind sich zum Fliegen auch eine Flügelhaube aufsetzt und dann so ähnlich aussieht wie die Narkoseschwester? In dieser Nacht hat mein Kinderglaube wohl einen ersten Knacks bekommen. Also, um Ihre Frage zu beantworten: Bis zum zarten Alter von etwa fünf oder sechs Jahren habe ich ans Christkind geglaubt. Und Sie?"

Ohne auf seine Frage einzugehen, bemerkte sie: „Mein verstorbener Mann hieß auch Rudolf."

Ihr Gegenüber reagierte mit sichtlichem Erstaunen: „So ein Zufall!"

Eine Zeitlang schwiegen sie und sahen aus dem Fenster. Es hatte zu dunkeln begonnen, die vorbei fliegende Landschaft war nur noch vage auszumachen, indes spiegelte die Glasscheibe deutlich das Innere des erleuchteten Abteils. Ihre Augen trafen sich darin. Beide hielten den Blick lange aus. Dann fühlte Ruth eine Hand auf ihrem Handrücken, das Gesicht im Fenster lächelte und sie hörte seine Stimme fragen: „Und Sie?"

Ruth lächelte unsicher zurück: „Fragen Sie nach meinem Namen oder danach, seit wann ich nicht mehr ans Christkind glaube?"

„Mich interessiert beides, sehr!"

„Ich heiße Ruth Rösner." Ihr Reisebegleiter sagte mit einer höflichen kleinen Verbeugung: „Angenehm, Rudolf Roters." Plötzlich brachen beide fast gleichzeitig in schallendes Gelächter aus. „Lauter Rs! Gibt's denn so was? Ruth Rösner, Rudolf Roters: lauter Rs!" Ruth fügte hinzu: „Wie bei meinem Mann und mir." Einige Mitreisende blickten kurz über den Rand ihrer Zeitung, Neugier in den Blicken, was es bei dem älteren Paar denn gar so Erheiterndes zu belachen gab, und vertieften sich wieder in ihren Lesestoff.

Ruth fand als erste die Sprache wieder. „Wenn wir schon beim Outing sind: ich war bis vor ca. acht Jahren Bibliothekarin." „Und ich war Rechtsanwalt." Ruth stellte fest: „Rechtsanwalt – noch ein R!" „ Das ist noch nicht das letzte: inzwischen Rentner." Beide begannen erneut zu lachen. Wieder senkten sich die Zeitungen, fragende Augenpaare über Brillenrändern wurden sichtbar und verschwanden wieder.

„Ich habe zwei Söhne, zwei Schwiegertöchter und vier Enkelkinder. Seit elf Monaten bin ich Witwe."

„Meine Familie besteht aus einer unverheirateten Tochter und einem verheirateten Sohn plus Frau und drei Kindern. Meine Frau starb vor sechs Jahren. Wir haben eine glückliche Ehe geführt."

„Rudolf und ich auch", sagte Ruth und sah auf ihre Hand mit den zwei schmalen goldenen Ringen.

Wieder schwiegen beide und sahen aus dem Fenster, dieses Mal den Blickkontakt vermeidend. Die beleuchteten Häuser einer kleinen Ortschaft huschten vorüber, Tannenbäume mit Lichterketten in den Zweigen wurden vom Fahrtwind des Zuges rasch und heftig geschaukelt.

Rudolf Roters ergriff als erster wieder das Wort. „Wir haben immer noch anderthalb gemeinsame Stunden vor uns. Wollen Sie mir nicht Ihre Geschichte erzählen – Ruth?" Ihren Namen sprach er erst nach einem kurzen Zögern aus.

Sie lehnte sich mit verschränkten Armen zurück und überlegte. „Es ist so lange her ... Ich denke, ich war schon sieben oder sogar acht Jahre alt und glaubte immer noch felsenfest ans Christkind. In ländlichen Gemeinden mit stark religiöser Prägung kamen Kinder den Erwachsenen erst später auf die Schliche, denen aus vielerlei Gründen daran gelegen war, uns fromm und gläubig zu lassen. Eines Tages im Dezember wurde der mit einer ausrangierten Gardine sorgfältig zugedeckte Stubenwagen, in dem laut der elterlichen Berichte wir drei Geschwister nacheinander gelegen hatten, vom Dachboden ins Eheschlafzimmer gebracht und mit weißen Kissen und einer seidenzarten Daunendecke ausstaffiert. Natürlich überhäuften wir die Eltern mit Fragen: warum und wozu? Am Abendbrottisch klärte uns unsere Mutter auf: kleine Kinder würden vom Christkind gebracht, und für den nicht auszuschließenden Fall, dass es auch für unsere Familie noch ein Kind vorgesehen hatte, wollte sie wenigstens den Stubenwagen vorbereiten.

Ich hatte bis dahin an den Klapperstorch geglaubt, und, obwohl ich im Grunde fand, drei Kinder wären eigentlich genug, gelegentlich Würfelzucker als Lockmittel für ihn auf die Fensterbank gelegt, die morgens tatsächlich verschwunden waren. Das neue Wissen, dass das Christkind die kleinen Kinder bringt, überraschte mich sehr. Da ich aber immer schon neugierig war, wie das Christkind das mit den Geschenken wohl bewerkstelligen mochte, hielt ich die Gelegenheit für günstig, diese Wissenslücke ein für allemal zu schließen. Ich schleppte also mein Kinderstühlchen ins Elternschlafzimmer, um mich bis Weihnachten neben den Stubenwagen zu platzieren. Auf keinen Fall wollte ich den Moment verpassen, da das Christkind ein Baby bei uns ablieferte, sondern die einmalige Chance nutzen und Zeugin des Schauspiels werden."

Rudolf hörte amüsiert lächelnd zu. Der Zug glitt mit gleichmäßigem Fahrgeräusch durch den Abend, die meisten Fahrgäste waren eingenickt, zwei junge Leute spielten voller Hingabe mit ihren leise zirpenden Handys.

„Zur Verzweiflung meiner Mutter war ich von der Idee durch nichts und niemand abzubringen. Ich holte mir zur Unterhaltung meine Lesebücher und mein Strickzeug – wir lernten im Handarbeitsunterricht gerade, Topflappen als Weihnachtsgeschenke für Mütter, Großmütter und Patentanten zu stricken – und ließ mir von meinem großen Bruder sogar die Mahlzeiten ins Schlafzimmer bringen. Das erlaubte meine Mutter nur widerwillig, aber sie kannte mich gut genug, um zu wissen, dass ich eher die Nahrungsaufnahme verweigern würde als meinen Platz neben dem Stubenwagen zu verlassen. Ich wartete also auf das Christkind. Natürlich musste ich vormittags in die Schule, aber sobald die Klingel das Ende der letzten Schulstunde meldete, rannte ich auf dem kürzesten Weg nach Hause und nahm meinen Platz neben dem Stubenwagen wieder ein, täglich aufs neue erleichtert, dass das erwartete große Ereignis nicht während meiner Abwesenheit eingetreten war. Wenn von Zeit zu Zeit der Gang zur Toilette unvermeidlich war, mussten mich entweder meine jüngere Schwester oder mein älterer Bruder auf meinem Beobachtungsposten vertreten. Ich hatte ihnen irgendwelche schlimmen Konsequenzen angedroht für den Fall, dass sie mich nicht sofort riefen, wenn sich am Fenster etwas rührte. Abends ließ ich mich nur widerwillig in mein Bett bringen, aber meine Mutter hatte mir versichert, nach acht Uhr würden der winterlichen Temperaturen wegen sowieso keine kleinen Kinder mehr ausgeliefert, was mir einigermaßen eingeleuchtet haben dürfte.

So saß ich stundenlang, tagelang, lesend und strickend auf meinem Kinderstühlchen und wartete. Meine Mutter ließ dann und wann ihre Kränzchendamen und andere Besucher durch die angelehnte Türe ins Zimmer schauen, die von meiner Aktion gehört hatten, mein dickköpfiges Durchhaltevermögen aber nicht glauben wollten. Sie überzeugten sich tuschelnd und gingen kopfschüttelnd ins Esszimmer zurück zu ihren Kaffeetassen. Meine kleine Schwester musste mir immer neues Garn für neue Topflappen bringen.

Am Heiligen Abend fand wie üblich unter allerlei Heimlichtuerei im sogenannten Herrenzimmer die Bescherung statt. Nur flüchtig nahm ich meine Geschenke in Augenschein. Mein Vater schob den immer noch leeren Stubenwagen aus dem Schlafzimmer in die Nähe des Tannenbaumes, ich rückte mein Stühlchen daneben und ließ die weißen Kissen und das Zimmerfenster nicht aus den Augen, erst recht nicht, während wir am großen Esstisch traditionell Kartoffelsalat und Würstchen zu uns nahmen. Ich wartete und war sicher: Wenn ich das Christkind heute nicht in Aktion sehen würde, wann denn sonst?

Zu meiner grenzenlosen Enttäuschung passierte nichts, einfach überhaupt nichts. Um elf Uhr gab ich widerwillig meine Wache auf und ließ mich überreden, mit den anderen die Mitternachtsmette zu besuchen, weil um diese Zeit ohnehin nichts mehr zu erwarten war: das Christkind hatte ja von heute an bis Lichtmess in der Krippe neben dem Seitenaltar in unserer Kirche zu liegen.

Als aber Anfang Januar wir Kinder eines Nachts plötzlich aus unerfindlichen Gründen zu einer Nachbarin ausquartiert wurden und am anderen Tag ein ziemlich schrumpeliger kleiner Bruder in den weißen Kissen des Stubenwagens lag und meine Mutter einige Tage im Bett blieb, da kam mir erstmalig der Verdacht, meine Eltern und ‚die da oben‘ müssten irgendwie unter einer Decke stecken, denn dass fast zwei Wochen nach dem Heiligen Abend das Christkind immer noch weihnachtlich aktiv sein und kleine Kinder ausliefern sollte, schien mir absolut unwahrscheinlich. Meine Mutter versuchte zwar, von meinem Glauben an das Christkind zu retten was noch zu retten war, aber mir klang alles irgendwie wenig überzeugend.“

„Waren Sie sehr enttäuscht, als sie endgültig die Wahrheit erfuhren?“ fragte Rudolf.

„Eigentlich nicht, denn dass man in die Geheimnisse der Erwachsenen eingeweiht wurde, bewies nur, dass man nun selbst zu den Großen gehörte. Nein, ich fühlte mich weder belogen noch betrogen. Seltsam, diese Geschichte habe ich meinen Söhnen nie erzählt. Vielleicht sollte ich es morgen nachholen ... ach nein, meine Schwiegertochter hätte wohl kein Verständnis dafür. Moderne Großmütter leben ihrer Meinung nach im Hier und Jetzt und machen sich durch Erzählungen von gestern nur älter als sie sind.“

„Meine Tochter kennt zwar die Geschichte mit dem Häsulein, aber ich dürfte sie nicht noch einmal erzählen: ‚Vater, du wirst alt, du erzählst immer das gleiche', so würde sie mich höchst ungnädig zurechtweisen. Sie hat manchmal eine etwas schroffe Art ... ich bin nicht entspannt in ihrer Gegenwart, fühle mich unbehaglich und ständig von ihr kritisiert, auch wenn sie nichts sagt."

Etwas verlegen, als befürchte er, schon zu viel von sich preisgegeben zu haben, streifte er ein vermeintliches Stäubchen vom Revers seiner Tweedjacke und rückte die Krawatte zurecht. Sie schwiegen lange.

„Die nächste Station ist Freiburg. Werden Sie vom Bahnhof abgeholt?", fragte Rudolf endlich.

„Nein, mein Sohn ist noch im Büro und meine Schwiegertochter ist mit den Kindern auf einer Wohltätigkeitsveranstaltung, die bis 18 Uhr dauert. Aber ich kenne das Versteck für den Hausschlüssel. Ich werde mir ein Taxi nehmen." Ruth merkte, dass Rudolf eine Bemerkung machen wollte, aber er schwieg.

„Sie finden auch, dass das nicht nach einem sehr herzlichen Empfang klingt? Aber so ist es nun einmal. Ich glaube, sie meinen es nicht böse, sie denken nur nicht darüber nach, so sehr sind sie mit sich beschäftigt. Und was erwartet Sie? Wird man Ihnen einen großen Bahnhof machen?"

Rudolf lachte. „Wo denken Sie hin! Meine Tochter hasst Bahnhöfe, besonders an solchen Tagen. Sie meint außerdem, man könne sich im Gedränge zu leicht verfehlen ... Ich werde den Bus nehmen. Er hält nach drei Stationen direkt vor dem Hause, in dem meine Tochter wohnt. Sie findet, bequemer ginge es nicht."

Der Zug hielt plötzlich. Rudolf stellte nach einem Blick auf seine Armbanduhr fest: „Keine Einfahrt. Aber in zehn Minuten müssten wir am Ziel sein, dann trennen sich unsere Wege. Schade, ich hatte noch nie eine solch kurzweilige, angenehme Reise. Am liebsten möchte ich noch stundenlang so mit Ihnen weiter fahren ..."

Ruth merkte, dass sie errötete, aber antwortete nicht.

Er sah Ruth lange und unverwandt an. Dann räusperte er sich und fragte mit plötzlich veränderter Stimme: „Warum tun wir uns das eigentlich an? Sie ebenso wie ich?"

„Was tun wir uns an, was meinen Sie?"

„Eigentlich wollen wir beide ganz anders Weihnachten feiern, wir fühlen uns beide nicht wirklich willkommen bei unseren Kindern, wir wollen beide nicht zur Altenbetreuung. Warum hauen wir nicht ab?"

Ruth sah ihn unsicher an. „Abhauen?" Sie ahnte, was er meinte, aber gab vor, ihn nicht zu verstehen.

Er ergriff ihre Hände. „Ja, abhauen! Wir fahren einfach ein paar Stationen weiter, suchen uns zwei schöne Zimmer in einer ruhigen Pension, die Weihnachten geöffnet hat, und erzählen den ganzen Heiligen Abend abwechselnd Weihnachtsgeschichten, ohne dass uns jemand zurechtweist."

Der Zug setzte sich langsam wieder in Bewegung. Sie versuchte unsicher, ihre Hände aus den seinen befreien, aber sein Griff wurde noch fester. „Seine Hände sind nicht unangenehm". gestand sie sich ein, und: „Er hat aufrichtige Augen."

„Sie sehen aus, als meinen Sie im Ernst, was Sie sagen."

„Es ist mir absolut ernst. Ich weiß, dass wir unsere Angehörigen schockieren würden. Sie hätten kein Verständnis dafür, dass zwei Leute in unserem Alter so etwas Ungehöriges und Verrücktes tun, aber genau das möchte ich: noch einmal ausbrechen und etwas Verrücktes tun. Empfinden Sie nicht auch so? Es stimmt, wir sind nicht mehr jung, stehen bestenfalls im letzten Viertel unseres Lebens, aber das ist vielleicht eine der letzten Chancen ..."

Der Zug nahm wieder Fahrt auf. Eine Stimme aus dem Lautsprecher machte die Reisenden darauf aufmerksam, dass man in wenigen Minuten Freiburg erreichen werde. „Wir hoffen, Sie hatten eine angenehme Fahrt. Ihr Zugbegleitteam wünscht Ihnen frohe Weihnachten."

„Ruth, sagen Sie etwas. Finden Sie nicht, dass wir eine ‚angenehme Fahrt' hatten? In sechs Minuten werden wir ankommen. Das Zugbegleitteam wünscht uns frohe Weihnachten, aber dazu sind weder bei Ihnen noch bei mir die Voraussetzungen günstig. Wenn wir aber unsere unverhoffte Begegnung als vorzeitiges Weihnachtsgeschenk betrachten, als kleines Weihnachtswunder ... Ruth, was meinen Sie? Sagen Sie etwas, bitte."

Ruth fühlte im Hals wie heftig ihr Herz klopfte. Sie öffnete den Schnappverschluss ihrer Handtasche, wickelte unauffällig das Foto ihres Mannes aus der Taschentuchumhüllung und schaute fragend in das vertraute Gesicht. Es lächelte. Mit einer zärtlichen Geste berührte sie das Glas, schlug das Tuch behutsam wieder um das Bild und steckte es in die Tasche zurück.

„Sie meinen, man sollte einer Versuchung nicht widerstehen, weil sie vielleicht nie wieder kommt?"

Rudolf strahlte sie an. „Ich wusste es, wir verstehen uns."

„Lassen Sie mich nachdenken ... Also, ich bin ein bisschen altmodisch und möchte am Heiligen Abend die alten Weihnachtslieder nicht von einer CD hören, sondern selbst singen."

Rudolf schien begeistert: „Ich habe einen brauchbaren Bariton und kann eine Menge Weihnachtslieder mit sämtlichen Strophen auswendig."

„Ich liebe es, Tannenzweige in brennende Kerzen zu halten, und ich möchte gern eine Mitternachtsmette besuchen."

„Im Schwarzwald gibt es viele schöne Kirchen."

„Aber ... wir haben überhaupt keine Geschenke."

Rudolf schaute nachdenklich aus dem Fenster. „Ich schenke Ihnen ... einen Schneeball, vielleicht sogar eine romantische Schlittenfahrt, auf jeden Fall weiße Weihnachten."

Ruth sah ihn zweifelnd an. „Wie wollen Sie das schaffen?"

„Sehen Sie nach draußen."

Sie legte ihr Gesicht an die Scheiben und spähte in die Dunkelheit, mit gewölbten Händen in Augenhöhe die Helligkeit des Abteils aussperrend. Lichter tauchten auf, Straßenlaternen, Autoscheinwerfer, Fenster, und davor zeichneten dichte Schneeflocken unzählige schräge weiße Striche in den schwarzen Himmel.

„Es schneit!", rief sie überrascht. „Tatsächlich, weiße Weihnacht! Wie aufmerksam von Ihnen." Zögernd fügte sie hinzu. „Ich habe selbstgebackene Plätzchen dabei, mit denen ich mich revanchieren könnte."

„Ich liebe selbstgebackene Plätzchen, sind womöglich sogar Vanillekipferl* dabei?" Ruth lachte. „Ja, natürlich, Vanillekipferl dürfen nicht fehlen."

Wieder verlangsamte der Zug die Fahrt. Einige Fahrgäste sahen auf ihre Armbanduhren, zogen ihre Mäntel und Jacken an, hoben Koffer und Taschen aus den Gepäcknetzen und gingen zu den Ausgängen, ihre Handies am Ohr, um irgend jemandem irgendwo lautstark die pünktliche Ankunft mitzuteilen.

Als der Zug mit einem sanften Ruck hielt, standen Ruth und Rudolf fast gleichzeitig auf und sahen einen Moment unschlüssig dem Treiben auf dem Bahnsteig zu. Der Stationsvorsteher ging neben den Wagen auf und ab; seine Trillerpfeife baumelte griffbereit an einer geflochtenen Kordel an der Dienstjacke.

Rudolf fasste wieder Ruths Hände. „Steigen wir auch aus und gehen zur Altenbetreuung? Oder fahren wir ein paar Stationen weiter und begeben uns ... auf Herbergssuche?"

Sie erwiderte zaghaft seinen Händedruck. „Ich würde Sie Rolf nennen. Rudolf ist für immer besetzt, einverstanden?"

„Einverstanden, Ruth, nur zu gern!"

„Und unsere Kinder ...?"

siehe dazu den Anhang mit Rezepten ab S. 201

„Wir werden sie anrufen, ehe sie uns steckbrieflich suchen lassen."

Lächelnd setzten sich beide wieder auf ihre Plätze und
hielten sich mit den Augen fest. Ruth deutete mit einer
seitlichen Kopfbewegung nach oben auf ihren Koffer.

„Ich habe zufällig meine festen Winterschuhe eingepackt ..."

Spekulatius und Springerle

Der heute weltberühmte Schweizer Ferienort Klosters,
1250 Meter hoch im Kanton Graubünden gelegen, auf
dessen Pisten sich jeden Winter Prinz Charles von England und viele andere Prominente tummeln, war im Jahre
1930 noch ein stiller, beschaulicher Ort, von nur wenigen,
zumeist englischen, aber auch einigen deutschen Touristen entdeckt. Im Sommer wanderten sie in den Bergen,
schwere, mit Nägeln beschlagene Schuhe und Wollsocken
an den Füßen, Rücksäcke aus Segeltuch über die Schultern
gehängt – die Herren in „Knickerbockern" und karierten Pullovern, die Damen in weiten Röcken und Blusen
mit bauschigen Ärmeln. Im Winter reisten sie mit Skiern
und Schlitten an. Etwa ab dem 22. Dezember trafen sie
ein, entweder aus dem höher gelegenen Davos oder aus
dem Tal kommend. Nur wenige Gäste fuhren mit dem
eigenen Auto die steile, schmale Landstraße das liebliche
Prättigau hinauf. Die meisten kamen bequem mit der rhä-
tischen Bahn und genossen während der gemächlichen
Fahrt den Anblick der malerischen Dörfer, die die Strecke

von Landquart bis Klosters säumen.

Auf dem einzigen Bahnsteig der kleinen Station stapelten sich ihre großen geflochtenen Reisekörbe sowie allerlei Koffer und Taschen; daneben lehnten die hölzernen Skier, die langen Skistöcke aus Bambus paarweise mittels schmaler Lederriemen zusammengeschnürt. Die damals üblichen Steighilfen aus Seehundsfell hingen aufgerollt über den Bindungen.

Dienstmädchen oder Hausknechte kümmerten sich um den Abtransport der Gepäckstücke in die Unterkünfte, während die Gäste mit geblähten Nasenflügeln das Wetter prüften: wird es schneien?

Auf dem Bahnhofsvorplatz warteten die Kutschen oder Schlitten der immerhin vier Hotels, die es damals schon gab, um die Gäste in ihre Quartiere zu bringen: zuvorderst die des „Grandhotel Vereina", obwohl die ankommenden Herrschaften allenfalls einen Weg von 350 Metern zu laufen gehabt hätten. Dann die des „Hotel Silvretta", etwa 450 Meter entfernt, und die des „Hotel Pardenn". Für die sechs Minuten dauernde Fahrt zum „Hotel Pardenn" ließen besonders die Damen sich gern fürsorglich in warme Felldecken einpacken. Ihre Füße, zumeist noch mit städtischem, dünnen Schuhwerk bekleidet, steckten sie genüsslich in lederne Fußsäcke, in denen ein zuvor vom Kutscher am heimischen Kachelofen erhitzter Speckstein wohltuende Wärme abgab.

Für das „Hotel Alpenhof", das damals an der Stelle der heutigen „Chesa Grischuna" stand, wurden zu jedem ankommenden Zug zwei Gepäckträger mit Handkarren abgeordnet. Für die 150 Meter bis zum Bahnhof lohnte es nicht, Pferdekutschen bzw. -schlitten und entsprechendes Personal bereit zu halten. Die beiden Männer standen in der Nähe der großen Bahnhofsuhr, die blauleinenen, rot-weiß bestickten Bündner Kittel über dicke handgestrickte Ärmelwesten gezogen, die enge schwarze Wollmütze auf dem Kopf und die Kappe mit dem goldenen Schriftzeug „Hotel Alpenhof" darüber. Sie hatten die Hände tief in den Hosentaschen vergraben und stapften mit den schwe-ren Schuhen von einem Bein auf das andere.

Heute, am Nachmittag des 1. Weihnachtstages 1930, roch die Luft, die scharf und kalt aus dem Unterland he-raufströmte, nach Schnee, aber die das Dorf eng umgeben-den Wiesenhänge und Wälder waren nur mit einer dün-nen Schneeschicht bedeckt, wie mit sparsam gestreutem Puderzucker, und die kurze Bahnhofstraße, mit groben Steinen gepflastert, lag im stumpfen Grau eines frost-kalten Wintertages. Die Sonne war bereits hinter dem Gotschna-Massiv verschwunden und hatte einen nahezu klaren, türkisfarbenen Himmel hinterlassen.

Pünktlich um 15.53 Uhr lief unter beachtlichem Ge-töse der Nachmittagszug aus Landquart in den Bahn-hof ein. Funken sprühten aus dem Gewirr der elektri-schen Leitungen über der schweren Lokomotive. Nur ein paar Einheimische stiegen aus, riefen den wartenden Kut-schern in ihren Livreen spöttische Bemerkungen zu wie: „Bringet die heiße Speckstei euerne Fraue mit, so händ si wenigschtens eis rechts Wiehnachtsg'schenk!"* Dann stülpten sie sich die Mützen mit den herunterklappbaren Ohrenschützern auf die Köpfe und verstreuten sich in die stillen Gassen des kleinen Dorfes.

Die Kutscher riefen ihnen entsprechende Kommentare nach, schoben die erkalteten Zigarrenstumpen, die sie in höflichem Respekt vor etwa ankommenden Gästen auf dem Kutschbock abgelegt hatten, wieder zwischen die Zähne, schnalzten den Pferden auffordernde Laute zu und fuhren heimwärts. Die Gepäckträger des „Alpenhof" stapften wortlos zurück in den Wartesaal dritter Klasse und hockten sich bis zur Ankunft des Abendzuges in die Nähe des warmen Eisenofens.

Dem Fahrgast, der einem der hinteren Wagen entstiegen war, schenkten weder die Kutscher noch die Gepäckträger Beachtung. Er war zwar kein Einheimischer, aber auch kein Kunde, der ein Geschäft versprach. Man kannte ihn in Klosters: es war ein junger deutscher Maler, der vor ein paar Monaten als Wandergeselle im Dorf aufgetaucht war und beim Malermeister Winkler Arbeit und Brot gefunden hatte. Ein „Schwabe" also, wie man die Deutschen allgemein ein wenig abfällig nannte, und ein mehr oder weniger armer Schlucker. Obwohl: er soll draußen im Vereina-Tal an der Hütte des schweizerischen Alpenvereins den neuen Schriftzug über dem Eingang gestaltet

* *Bringt die heißen Specksteine euren Frauen mit, damit sie wenigstens ein ordentliches Weihnachtsgeschenk haben.*

haben, ordentliche Arbeit, und neuerdings habe ihm der Malermeister Winkler sogar den Entwurf für ein Sgraffito* am Neubau des Bäckers Rehli oben an der Landstraße anvertraut – immerhin.

Jeden Sonntag sah man „den Schwaben" in aller Herrgottsfrühe taleinwärts in Richtung Monbiel laufen, im Rucksack deutlich sichtbar einen großen Zeichenblock. Und der Malermeister Winkler erzählte am Stammtisch im „Bündner Hof", auch mit diesem neuen Gesellen habe er einen guten Griff getan. Er sei außergewöhnlich fleißig und talentiert und habe möglicherweise sogar das Zeug zu einem richtigen Kunstmaler.

In der Tat war der junge Deutsche auf seiner Wanderschaft nicht der schönen Landschaft wegen in Klosters hängengeblieben, obwohl er von Anfang an ihrer Faszination erlegen war. Der Hauptgrund für diese Station auf seiner Wanderschaft war, dass er die Sgraffito-Technik gründlich erlernen wollte, mit der man hier im Prättigau ebenso wie drüben im Engadin traditionell die Außenwände der Häuser schmückte. Zu Fuß von Italien kommend, wo er bei anderen Meistern Freskenmalerei und Schriften studiert hatte, sollte Klosters nur eine von vielen Etappen seiner Ausbildung sein. Doch hier passierte ihm etwas, was er nicht einkalkuliert hatte: Er hatte sich nicht nur in die Berge, sondern auch in ein Mädchen ver-

* *ital.: zwei- oder mehrfarbige Kratzputztechnik*

liebt. Und zwar so, dass es ihm fast den Verstand raubte. Barblina hieß sie.

„Wie heißt du?" „Barblina, so heisset vill Meitle bii ünsch im Engadin ... und wie heissischt du?" „Heinrich." „Heinrich? Ich sägge dir Heiri? Isch das rächt?" „Ja, natürlich ist das recht, aber du musst Hochdeutsch mit mir sprechen, Barblina, ich verstehe noch zu wenig Schwyzerdüütsch." „Du wirst es schon lernen, Heiri, ich bringe es dir bei."

Das war vor fünf Monaten gewesen. Seither ging die schwarzhaarige Barblina aus dem Engadin, die hier im „Alpenhof" als „Serviertochter" arbeitete, ihm nicht mehr aus dem Kopf. Barblina, mit der er sich nur einmal wöchentlich an ihrem freien Abend treffen konnte, um mit ihr an der wild schäumenden Landquart entlang spazieren zu gehen. Ein einziges Mal war es ihm eher zufällig geglückt sie zu küssen, und seit jenem Tag warf sie manchmal von ihrer Mansarde aus Kusshände über die Dächer zu ihm herüber, dessen Dachkammer nur etwa 25 Meter entfernt war.

Leider waren sein Meister und mehr noch die Meisterin sehr sittsam und streng. Er hatte bei seinem Einzug bei der Familie Winkler die Arbeits- und Mietbedingungen unterschreiben müssen: 104,– Franken pro Sechstagewoche, Arbeitszeit von 7 – 19 Uhr, die Miete einer Mansarde wurde monatlich von seinem Lohn einbehalten. „Die Benutzung eines Gaskochers ist aus Feuerschutzgründen untersagt, das Halten von Haustieren aller Art und vor allem Damenbesuche sind generell verboten."

Anfang September hatte der Meister ihn und einen Lehrjungen zu einer Bergwanderung aufgefordert: eine der Schutzhütten des schweizerischen Alpenvereins, die gegenüber dem Vereina-Tal auf 2141 Meter gelegene Fergen-Hütte, sollte von innen frisch geweißelt werden, wenn auch erst im nächsten Frühjahr. Aber da der Geselle aus Deutschland bis jetzt noch keine Zeit gefunden hatte, die Berge näher kennenzulernen und außerdem als gebürtiger Flachländer, was das Bergsteigen anbetraf, gänzlich unerfahren war, wollte man das spätsommerliche Wetter für eine Tour nutzen. Heinrich könne sich bei der Gelegenheit vielleicht auch ein paar Gedanken darüber machen, wie die Hütte von innen künstlerisch mit einigen lustigen Motiven zu verschönern sei, um müden Wanderern und Touristen, aber auch den Einheimischen, die dort oben ihre Schafe sömmerten oder im Herbst bei der Gamsjagd in der Hütte übernachteten, den Aufenthalt angenehmer zu machen.

Diese erste Bergwanderung war für Heinrich ein großes Erlebnis gewesen. Obwohl es fast 900 Meter Höhendifferenz zu bewältigen gilt, dauert der Anstieg nur etwas mehr als zwei Stunden. Die Aussicht von dort oben ist überwältigend: Man sieht links bis hinüber zum Silvretta-Gletscher, geradeaus auf das Canard-Horn, in der dunstigen Ferne dahinter sind die Davoser Berge auszumachen, rechts gleitet der Blick zum Weißfluh-Joch und am Gotschna-Massiv entlang talabwärts bis zu den Fideriser Heubergen.

Sie hatten für unterwegs Proviant mitgenommen, Brot, Käse und Trockenfleisch, und außerdem oben in der Hütte an der Herdstelle ein Feuer entfacht und eine Suppe gekocht. Die Firma Maggi im schweizerischen Kemptal hatte neben der Herstellung ihrer flüssigen Suppenwürze neuerdings begonnen, Fleischbrühwürfel sowie Fertigsuppen zu fabrizieren, und die „Gerstsuppe nach Bündnerart" aus dem Pappschächtelchen, mit Wasser aus dem Fergenbach zubereitet, hatte Heinrich fast so gut geschmeckt wie die Graupensuppe seiner Mutter im heimatlichen Emsland.

Was das Ausmalen der Hütte betraf, so hatte er dem Meister den Vorschlag gemacht, vor allem den Schlafraum mit dem Matratzenlager nicht durch großflächige Malereien zu verändern; lediglich in der Küche, die auch als Aufenthaltsraum diente, könnte man um den Holzplatz und um die Feuerstelle herum vielleicht ein paar huschende Mäuse malen, die es zu Zeiten, da die Hütte nicht genutzt wurde, vermutlich tatsächlich gab.

Dem Meister hatte die Behutsamkeit gefallen, mit der der Deutsche dem urig-schlichten Gebäude Respekt zollte, indem er ihm dessen altes Gesicht zu belassen gedachte.

Seit jenem Tage war Heinrich mehrmals allein zur Fergen-Hütte gewandert. Zu gerne hätte er Barblina mitgenommen, um wenigstens ein einziges Mal mit ihr ungestört sein zu können, aber erstens hatte sie während der ganzen Saison auch am Sonntag zu arbeiten und zweitens gehörte es sich in jenen Tagen für ein junges Mädchen

nicht, mit einem jungen Mann von 28 Jahren ohne Begleitung eine Bergtour zu machen ...

Inzwischen war es Winter geworden, aber der ersehnte
Schnee blieb in diesem Jahr aus. Barblina war im gäste-
armen November nach Hause ins Engadin gefahren und
sollte erst zu Weihnachten ihre Arbeit im Hotel wieder aufnehmen, wenn die Skitouristen eintreffen würden.
Sehnsüchtig erwartete Heinrich diesen Tag, erst recht,
seit ihm Frau Winkler am 6. Dezember ein braunes Päckchen nach oben gebracht hatte: das habe der Briefträger
für ihn abgegeben, sicher sei es ein Gruß vom „Samichlaus", allerdings mit dem Absender von der Barblina, der
Serviertochter aus dem „Alpenhof". „Kennen Sie die näher?" „Nein, leider nicht, es gibt ja keine Gelegenheit, sie
näher kennenzulernen ..."
„Dass Sie mir nicht etwa auf die Idee kommen, sie hierher zu locken ... Sie kennen ja den Mietvertrag. Aber wenn
die Barblina wiederkommt, dürfen Sie sie gern einmal zu
uns in die Stube einladen."
Dann war sie mit einem vielsagenden Lächeln gegangen und er hatte endlich das Paket öffnen können: in der
Schachtel fand sich ein „Scarnuz", wie Barblina in ihrer rätoromanischen Muttersprache eine braune Papiertüte
nannte, und darin wiederum eine offensichtlich handge-
zogene Honigkerze, ein „Birrebrot"* und ein Schächtel-
chen aus buntem Karton, gefüllt mit selbstgebackenen

* *Bündner Spezialität u. a. aus Dörrbirnen*

Plätzchen: runde, mit Marmelade gefüllte „Spitzbuebe"** und köstlich nach Anis duftende „Springerle"***, die er in ähnlicher Form schon während seiner Gesellenzeit in Süddeutschland kennengelernt hatte. „Für Heiri vom ,Samichlaus' " stand in hübschen runden Buchstaben auf einer beiliegenden Karte. „Samichlaus," das Wort für St. Nikolaus ging ihm schon ganz flott von der Zunge, aber der Schweizer Name für Springerle blieb vorerst unaussprechlich: „Chräbbeli".

Ach, wie reizvoll wäre es, wenn er und Barblina diese Springerle jetzt zusammen essen könnten: jeder müsste ein Ende des länglichen Gebäcks zwischen die Zähne nehmen und dann könnte man sich entgegenknabbern, und da Springerle das sehr harte Resultat eines zarten Eierteigs sind, würde man diesen Moment zu einer köstlich-süßen Ewigkeit ausdehnen können ...

Drei Tage später war ein zweites Päckchen eingetroffen, dieses Mal aus Deutschland. Er hatte die Handschrift seiner Mutter sofort erkannt. In akkuratem Sütterlin und ungelenken Worten wünschte sie auf einer beiliegenden Karte, deren Vorderseite mit einem naiv-süßlichen Krippenmotiv bebildert war, ihrem ältesten Sohn in der Ferne ein frohes Weihnachtsfest und Gottes reichen Segen. Anbei ein Stück Speck: sie hätten vor einigen Wochen geschlachtet. Zu Hause seien alle wohlauf, was sie auch von ihm hoffe, und er möge im Ausland auf seine Gesundheit

*** und *** *siehe dazu den Anhang mit Rezepten ab S. 201*

achten und sich immer warm anziehen. Dann hatte er eine handgestrickte, schafwollene lange Unterhose ausgepackt, die um eine Blechdose mit der Aufschrift „Kathreiners Malzkaffee" gewickelt war, wohl um die Dose vor Erschütterungen zu schützen und damit den Inhalt zu schonen: selbstgebackene Spekulatius*.

Gerührt hatte er die einzelnen Motive des Gebäcks betrachtet, die ihm seit frühester Kindheit vertraut waren: Den Hasen, dessen lange Ohren allzu leicht abbrachen, weshalb man sie am besten immer gleich abknabberte – die Gans mit dem etwas zu kurzen Hals, die ebensogut für eine Ente gehalten werden konnte – den stehenden Hund mit dem lockigen und den sitzenden Hund mit dem glatten Fell. Dieser war immer besonders begehrt, weil er von allen sechs Motiven das größte zu sein schien, von dem man also „am meisten hatte." Außerdem gab es noch einen aufrecht stehenden sowie einen Futter pickenden Vogel. Letzterer hatte sich nie großer Beliebtheit erfreuen können, da er im Vergleich zu den anderen Motiven deutlich kleiner war.

Sein Vater hatte zwei dieser handgeschnitzten Spekulatius-Modeln besessen. Er hatte sie geschenkt bekommen von seiner Patentante Agnete, der im fortgeschrittenen Alter das jährliche Plätzchenbacken zu zeitaufwendig geworden war, zumal sie keine Kinder und folglich auch keine Enkel hatte, für die die ganze Mühe sich gelohnt hätte.

Beide Modeln konnten von zwei Seiten benutzt wer-

* *siehe dazu den Anhang mit Rezepten ab S. 201*

den. Der eine war aus hartem Eichenholz gefertigt, für die andere hatte der Holzschnitzer ein leichter zu bearbeitendes Weichholz gewählt, in welchem sich leider irgendwann einmal eine Holzwurmfamilie häuslich niedergelassen hatte. Da aber auch die Figuren dieser Model überaus sorgfältig und liebevoll geschnitzt waren, mochte man bei der Weihnachtsbäckerei nur ungern auf sie verzichten. Deshalb hatte sein Vater einmal, während auf den Backblechen Geigen und Blumenkörbchen, Meerschaumpfeifen und Bockwindmühlen sowie unterschiedlich geformte Kiepenkerle langsam zu goldbraunen „Klaasmännkes"* gediehen, das Brett einfach mit in den Backofen gelegt. Wie erhofft waren entweder die große Hitze oder der sich entfaltende Duft nach Zimt und Nelken den Holzwürmern nicht gut bekommen, jedenfalls blieb die Zahl der Bohrlöcher seither konstant, weshalb die Model wieder in Dienst genommen werden konnte.

Heinrich erinnerte sich, dass seine Mutter die Zutaten für den Teig schon mindestens zwei Wochen vor dem Backtag zu einem großen, duftenden Klumpen Teig zusammenknetete. Die Gewürze sollten Zeit haben, ihre Aromen zu entfalten. In einem Steinguttopf, mit einem Deckel fest verschlossen, lagerte er dann im kühlen Keller auf dem Regal neben den Einmachgläsern voller Pflaumen, Birnen und anderen Köstlichkeiten aus dem Garten. Gebacken wurde in den ersten Dezembertagen, damit die Klaasmännkes rechtzeitig zum 6. Dezember, dem Tag

* *Nikolausmännchen = Spekulatius*

des Hl. Nikolaus, für die von den Kindern aufgestellten bunten Teller fertig waren.

Das alljährliche Spekulatiusbacken war in Heinrichs Familie seit jeher die Aufgabe des Vaters bzw. überhaupt Männersache gewesen war. Er als der älteste Sohn durfte von klein auf dabei helfen. Der Vater drückte den Teig portionsweise mit den Handballen in die Model, „schnitt" mit einem feinen Draht den Überschuss ab, drehte das Holz um und klopfte es auf dem Tisch aus, sodass die zarten Plätzchen auf die bemehlte Fläche fielen.

Heinrichs Aufgabe war es dann, die Figuren mit geschickten Fingern aufzuheben und sie möglichst platzsparend nebeneinander auf das Backblech zu legen.

Seine kleineren Geschwister saßen derweil mit baumelnden Beinen auf der Torfkiste und hatten gemeinsam dafür zu sorgen, dass das Feuer im Herd nicht ausging. Das taten sie mit Hingabe und legten brav immer neue Torfbrocken nach, wofür sie mit den etwas zu dunkel geratenen oder zerbrochenen Plätzchen belohnt wurden. Die älteste Schwester, Hedwig, saß mit hochrotem Kopf und aufgeschlagenem Gebetbuch in der hintersten Ecke der brüllend heißen Küche vor dem Spülstein aus Granit und sang sämtliche kirchlichen Adventslieder, die im „Laudate" verzeichnet waren, von „Aus hartem Weh die Menschheit klagt" bis „Der Satan löscht die Lichter aus." Schließlich fand selbst der Vater, jetzt sei es der Frömmigkeit genug, und stimmte mit seinem schönen Bariton höchst weltliche Nikolauslieder an, die die Kleinen andächtig mitsangen:

„Well kiekt doar dör de Kamerdöör,
mit de graute Müsse?
He froag, wo 't leiwe Kinnken wöär
und wat et könn un wüsse.
Kinnerkes, Kinnerkes, wäset still,
Sünner Kloas boall kuemen will,
kruupet achter de Moder."
(„Wer schaut da durch die Kammertür,
mit der großen Mütze?
Er fragt, wo's liebe Kindchen wär
und was es könne und wisse.
Kinderchen, Kinderchen, seid nur still,
St. Nikolaus bald kommen will,
verkriecht euch hinter der Mutter.")

Ach ja, der furchteinflößende Nikolaus! Er erleichterte
in jenen Wochen den Müttern die Erziehung der Kinder.
Manchmal lag morgens eine Rute aus trockenem Birken-
reisig auf der Fensterbank, die dann im Laufe des Tages
trotz aller reumütig gefassten guten Vorsätze öfter zum
schmerzhaften Einsatz kam. Dafür fanden sich einige
Tage später vielleicht Locken aus weiß glänzendem „Engelhaar" oder ein silberner Lamettafaden auf der Treppe,
was als sicheres Anzeichen dafür gewertet werden konnte, dass das Christkind oder wenigstens einer seiner hilf-
reichen Engel auch in diesem Hause mit weihnachtlichen
Vorbereitungen angefangen hatte.

Heinrich musste in Erinnerung an diese lang zurückliegenden Zeiten lachen. Er selbst hatte früh herausgefunden, wie diesbezüglich „der Hase lief", denn als er einmal nachts zum „Nullnull" musste, wie man auf Hedwigs Vorschlag das hölzerne Plumpsklosett auf der Diele vornehm umschrieb, konnte er den Vater beobachten, wie er im langen weißen Nachthemd leise durch den Flur schlich, einer länglichen Papiertüte weiße Locken aus „Engelhaar" entnahm und sie auf der zweituntersten Treppenstufe platzierte. Aber Heinrich behielt sein Wissen für sich und genoss es sogar insgeheim, ebenso wie die kleinen Geschwister auf diese Art „verdummbeutelt" zu werden.

Heute also, am 1. Weihnachtstag, hatte Heinrich vormittags mit der Bahn einen Ausflug talabwärts nach Küblis gemacht und war von dort aus zu Fuß zur alten Kirche des hochgelegenen hübschen Dorfes Luzein gewandert, nachdem er den gestrigen Heiligen Abend dazu benutzt hatte, in der evangelischen Kirche von Klosters die herrlichen Glasfenster von Augusto Giacometti zu bewundern. Nicht Frömmigkeit oder weihnachtliche Sentimentalität hatten ihn dazu bewogen. Mit der katholischen Religion, der er laut Taufschein angehörte, hatte er abgeschlossen, als er seine Kindheit hinter sich ließ – wegen „Überfütterung", wie er seine Abkehr davon zu begründen pflegte. Wie ihn auf seiner nun schon drei Jahre währenden Wanderschaft immer wieder rein künstlerisches Interesse in viele Kirchen trieb, so hatte ihn heute die herrlich gemalte Holzdecke des kleinen, alten Gotteshauses von Luzein gelockt.

Wieder in Klosters angekommen, lief er mit hochge-
klapptem Jackenkragen rasch zu seinem Zuhause. In der
Küche der Meisterin plauderte er ein wenig mit den Wirtsleuten, kochte sich einen Lindenblütentee und ging dann
nach oben, „noch ein bisschen Weihnachten feiern", wie
er lachend sagte. Das Feiern sah so aus, dass er seinen
Plätzchenvorrat aus dem Schrank nahm, die Spitzbuebe
und Springerle von Barblina und die Spekulatius seiner
Mutter, aber nur zwei von jeder Sorte aß. „Eins schmeckt
wie's andere", hatte seine sparsame Mutter die Kinder ge-
lehrt und zur Mäßigung angehalten. Dann zündete er die
Honigkerze an, schaute der ruhig brennenden Flamme zu
und genoss die Vorfreude auf den Abend.

Barblina würde morgen ihre Arbeit als Serviertochter
im „Alpenhof" wieder aufnehmen, da nun nach und nach
die Gäste eintrafen, deswegen konnte Heinrich sie heute
Abend zurückerwarten. Er hatte sich vorgenommen, sie
um 18.38 Uhr vom Bahnhof abzuholen. Er freute sich
unbändig auf ihre Rückkehr. Und zur Feier des Wieder-
sehens würde er sie in die „Schwemme" des „Hotel Vereina" zum Tanz einladen. Der Festsaal im ersten Stock
des Hotels war natürlich den Logiergästen vorbehalten,
aber zu der ebenerdig gelegenen „Schwemme" hatten
auch die Dörfler Zutritt, seit die Hotelleitung herausgefunden hatte, dass manch einer der illustren Herrschaften
es als angenehme Abwechslung empfand, Ländlermusik
mit „Schwyzerörgeli"*, Klarinette und Bass zu hören und

* *eine landestypische, diatonische Handorgel*

sich gern leutselig unter die Einheimischen mischte.

Heinrich stand auf, begann einen Walzer zu pfeifen und sich im Takt zu drehen, die Arme in Tanzhaltung ausgestreckt: So würde er Barblina in den Armen halten! Beim Tanzen war Körperkontakt erlaubt, und selbst wenn seine sittenstrenge Meisterin anwesend sein sollte – gegen das Walzertanzen konnte man im Jahre 1930 auch im streng protestantischen Klosters keinen Einspruch mehr erheben. Und er würde ihr etwas zu staunen geben, denn als Walzertänzer war er auf den Schützenfesten der Dörfer zu Hause im Emsland zu regionalem Ruhm gelangt. Und Barblina würde sich lachend in seinen Armen zurücklehnen und ihr Mund mit den weißen kleinen Zähnen wäre nicht mehr in unerreichbarer Entfernung ...

Gegen halb sieben rannte er zum Bahnhof hinüber. Nur wenige Leute warteten wie er auf den Abendzug aus Davos. Er kannte niemanden von ihnen. Die Kutscher der Hotels fuhren noch einmal vor, banden die Pferde an und schlugen sich weit ausholend die Arme um die Körper, um sich zu wärmen. „Es schmöckt vo Schnee", (Es riecht nach Schnee) rief der Kutscher vom „Hotel Pardenn" und witterte in die kalte Nachtluft. „Ja ja, es striiecht e chli aa," (sinngemäß: Es bewölkt sich ein wenig.) antwortete der des „Hotel Silvretta".

Der Zug kam pünktlich. Heinrich rannte neben den hell erleuchteten, langsam ausrollenden Wagen her. Barblina würde in der dritten Klasse sitzen – Serviertöchter und Malergesellen zählten nicht zu den Fahrgästen, die sich den Luxus einer Fahrkarte zweiter oder gar erster Klasse leisten konnten. Da war sie! Er erkannte sie an dem kleinen Mantelkragen aus Kaninchenfell. Er versteckte sich hinter einem Gepäckwagen, auf dem ein großer Reisekorb ihm Sichtschutz bot. Von dort aus wollte er leise hinter sie treten und ihr die Augen zuhalten, sie würde ein bisschen erschrecken und lachen und mit fragender Stimme sagen: „Heiri, bisch du das?"

Aber Barblina stand in der geöffneten Tür des letzten Waggons und legte einem jungen Mann in Militäruniform mit zärtlicher Geste die Arme um den Hals, küsste ihn rechts und links auf beide Wangen, nahm seinen Kopf zwischen ihre behandschuhten Hände und legte ihre Stirn an die seine. So verharrte sie eine Zeitlang und sprang erst von den Eisenstufen, als der Zugführer mit schrillem Pfiff das Signal zur Abfahrt gab. Winkend stand sie auf dem Bahnsteig, bis der Zug talwärts in der Kurve verschwand, wischte sich mit dem Handrücken über die Augen und schaute sich suchend um, als erwarte sie jemanden. Dann hob sie achselzuckend ihren kleinen geflochtenen Koffer aus Reisstroh auf und ging in Richtung Dorf.

Heinrich stand wie versteinert auf dem inzwischen menschenleeren Perron. Er verfolgte Barblina mit brennenden Augen und sah mit plötzlich rasendem Herzklopfen zu, wie sie durch den matten Schein der einzigen Straßenlaterne lief und in der Dunkelheit verschwand. Ein Bahnangestellter zog den Karren mit dem großen Reisekoffer zur Rampe und machte sich daran, ihn die Stufen hinauf zu wuchten.

„In welcher Schmierenkomödie bin ich denn jetzt gelandet?", schoss es Heinrich durch den Kopf. „Die Szene kenn ich doch! Die Rolle hab' ich doch schon mal gespielt!" Das lief ja ab wie damals in dem Lustspiel des Kolpingvereins, wo er als Mitglied der Laienspielschar einen betrogenen Ehemann hatte darstellen müssen und nicht wusste, mit welchem Mienenspiel er dessen Seelenleben glaubhaft machen sollte.

„Mit der Erfahrung von heute wüsste ich's", gestand er sich ein. Im Gegensatz zu damals war ihm jedoch jetzt keineswegs zum Lachen zumute.

Seine Füße begannen mechanisch in die gleiche Richtung zu laufen, in die Barblina gegangen war: Unter der Laterne her, am Kiosk, am Photogeschäft und am Milchladen vorbei. Hinter dem „Alpenhof" bog er in den kleinen Weg zu seiner Wohnung ein. Er betrat das Haus, hörte Stimmen in der Wohnstube, lauschte kurz, glaubte neben der Stimme der Meisterin auch die von Barblina zu erkennen, zögerte, ob er anklopfen und eintreten sollte, aber ging statt dessen wie in Trance nach oben in seine Mansarde und ließ sich auf sein Bett fallen. Vom Turm der St. Jakobskirche schlug es sieben Mal.

Was war eigentlich passiert?

Er versuchte, seine sich jagenden Gedanken zu ordnen.

Barblina, seine sehnlichst erwartete Barblina, hatte einen jungen Mann geküsst, und zwar so, wie sie ihn, Heinrich, noch nie geküsst hatte. „Na und? Die Schweizer küssen sich doch andauernd ... beim Kommen und beim Gehen, immer wird geküsst: Rechte Backe, linke Backe —

manchmal noch ein drittes Mal auf die rechte ..." Aber die Küsse, deren Zeuge er soeben geworden war, hatten weniger harmlose Gründe, dessen war er sich plötzlich sicher. Immerhin hatte sie sich Tränen abgewischt, Abschiedstränen. Kein Zweifel, dass sie nicht ihn, sondern dieses ... dieses Milchgesicht in Uniform liebte! Sie schien unendlich vertraut mit ihm zu sein. Aber seit wann? Noch vor drei Wochen, zu Nikolaus, hatte sie sich die Mühe gemacht, ihm, Heinrich, ein Paket mit selbstgebackenen Plätzchen zu schicken. Und hatte sie nicht geschrieben, wie sehr sie sich auf das Wiedersehen mit ihm freue? Hatte sie seinen Dankesbrief womöglich nicht erhalten und war enttäuscht von ihm? Oder war das, was er wie selbstverständlich für Verliebtheit gehalten hatte, womöglich nur Nächstenliebe? Empfand sie einfach Mitleid mit einem jungen Mann, der sich in einer ihm fremden Umgebung, in einem fremden Land mit fremder Sprache, ohne Familie und Freunde einsam fühlen musste, gerade in der vorweihnachtlichen Zeit?

Er schlug sich wie in plötzlicher Erkenntnis mit der Hand an die Stirn: Wie hatte er sich je einbilden können, eine Frau wie Barblina, jung, schön und lebensfroh, würde sich in einen so offensichtlichen Hungerleider wie ihn verlieben! Er sah sich in seinem Zimmer um: Diese erbärmliche Junggesellenbude war nun schon seit ein paar Monaten sein Zuhause. Noch nie war ihm die Armseligkeit des Mobiliars so bewusst geworden wie heute – der schäbige Läufer vor seiner hölzernen Bettstatt, die an mehreren Stellen geflickte Bettwäsche, der durch häufi-

ges Waschen verblichene Vorhang mit dem Allerwelts-
muster, das billige Geschirr auf dem Sims und die mit
unterschiedlichem Stoff bezogenen Sitzflächen der beiden Stühle vor dem kleinen Tisch. Selbst wenn man es
ihm erlaubt hätte, würde er sich geniert haben, Barblina
je hierher einzuladen.

In einer Ecke des Raumes lag sein Rucksack, ein paar
Sandalen und die Arbeitsschuhe standen daneben. Überhaupt, seine Garderobe: Zwei von seiner Mutter gestrickte Pullover, eine Wolljacke und vier karierte Hemden, von
denen eines am Kragen so durchgescheuert war, dass er
es nächstens nur noch in Stücke reißen und als Malerlap-
pen würde gebrauchen können. Im Schrank hingen ein
Sakko und eine dazu passende Hose, daneben lagen sechs
Taschentücher und etwas Wäsche. Seine Windjacke und einen Schal trug er noch am Leibe, ebenso die Knickerbo-
cker – aus echt englischem Tweed zwar, aber an den Knien
und besonders hinten ausgebeult wie bei einem Stallknecht.
Ein wahrhaft feiner Herr! Eine glänzende Partie!

Auf einmal hielt er es nicht mehr aus in dieser Umgebung. Nichts wie raus hier! Womöglich würde gleich
Frau Winkler die Treppe zu ihm hinaufsteigen, anklopfen und ihm mitteilen, dass unten in der Stube Damenbe-
such auf ihn warte. Und dann würde Barblina ihm eröffnen, dass sie neuerdings einen Schatz habe und deshalb
mit ihm, Heinrich, weder heute in die Vereina-Schwem-
me zum Tanz gehen noch künftig in seiner Begleitung an
der Landquart entlang spazieren könne...

Ab hier nahm das reale Stück einen deutlich anderen Verlauf als seinerzeit jenes auf der Heimatbühne: Diesen zu erwartenden Dialog hatte er nicht auswendig gelernt und fühlte sich ihm eindeutig nicht gewachsen. Zu groß waren seine Vorfreude auf das Wiedersehen mit Barblina und die Enttäuschung über den nicht vorhersehbaren Verlauf der Dinge gewesen, den er immer noch nicht einordnen konnte. Er sprang auf. Nein, bloß weg, irgendwohin, wo er allein sein und ungestört nachdenken konnte.

„Zur Fergen-Hütte", schoss es ihm plötzlich durch den Kopf. Die jungen Dörfler würden alle zum Tanz in die Schwemme gehen und die Alten in ihren warmen Stuben hocken bleiben, so dass er nicht damit rechnen musste, oben in der Hütte oder auf dem Weg dorthin jemanden zu treffen – nicht am Abend des ersten Weihnachtstages.

Er öffnete das Dachfenster und prüfte das Wetter. Trotz der nur dünnen Schneedecke schien die Landschaft aufgehellt. Der Himmel war bis auf ein paar Wolkenschleier klar, außerdem würde der Mond bald hinter dem „Älpelti" aufgehen und das Tal beleuchten. Den Weg zur Fergen-Hütte glaubte er inzwischen so gut zu kennen, dass er ihn auch ohne Tageslicht leicht finden würde.

Er sah auf seine Weckuhr – halb acht. Um zehn Uhr konnte er oben sein, dort übernachten und Abstand gewinnen. „Weiber! Nietzsche hat recht: ‚Wenn du zum Weibe gehst, vergiss die Peitsche nicht!'"

Sollte er seine Uhr mitnehmen? Die Taschenuhr, die er von seinem Taufpaten zur Erstkommunion bekommen hatte und die er nur bei besonderen Gelegenheiten einsteckte, um sie zu schonen? Nein, lieber nicht, man konnte nie wissen ... er würde sich auf seine innere Uhr verlassen können. Aber schade, dass er nicht eine dieser modernen Taschenlampen mit Dynamo-Handbetrieb besaß, die wäre jetzt praktisch gewesen. Stattdessen nahm er zwei Schachteln Zündhölzer vom Sims und ließ sie in die Hosentasche gleiten.

Dann langte er nach dem Rucksack und überlegte kurz, was er als Proviant einstecken könnte. Sollte er zu Frau Winkler in die Küche gehen und um Brote bitten? Niemals! Kurz entschlossen griff er nach der immer noch halbvollen Blechdose mit den Spekulatius und packte nach kurzem Zögern auch die Spitzbuebe und Springerle von Barblina dazu.

„In der Not frisst der Teufel Fliegen."

Am Waschbecken füllte er eine mit grauem Filz überzogene Feldflasche mit kaltem Wasser und verstaute alles im Rucksack. Noch einmal ging er zum Fenster, um die Temperatur draußen zu prüfen – der dicke Schafwollpullover und die Windjacke würden genügen, das handgestrickte Weihnachtsgeschenk seiner Mutter, die lange wollene Unterhose, hatte er schon an. Er nahm die Mütze vom Türhaken, löschte das Licht und lief auf Socken leise die Treppe hinunter, seine Bergschuhe in der Hand, um ein Knarren der Holzstufen möglichst zu vermeiden. Niemand, schon gar nicht Barblina, falls sie immer noch bei den Winklers sein sollte, durfte sein Fortgehen bemerken.

Erst unten im Vorraum zog er die Schuhe an, hängte den Rucksack über die Schultern und trat auf die Straße.

Das Dorf war menschenleer, nur wenige Fußspuren zeigten sich in der dünnen, matschigen Schneeschicht. Wie gewohnt glitt sein Blick zu Barblinas Mansarde hinauf und er sah mit Bitterkeit Licht durch die zugezogenen Fensterläden fallen. Also war sie doch zu Hause. Für einen Moment war er versucht, ein Steinchen hinauf zu schleudern, wie er es häufig getan hatte, aber er verwarf den Gedanken sofort wieder.

„Falsche Schlange, einer mit Uniform muss es natürlich sein!", dachte er wütend. „Und wenn's die plumpe Uniform der Schweizer Armee ist, über die sogar die Eidgenossen selbst sich lustig machen: Die helvetischen Soldaten seien die einzigen, die eine Erwähnung in der Bibel gefunden haben: `Sie trugen seltsame Gewänder und liefen planlos umher`. Haha ...wahnsinnig lustig".

Entschlossen und hastig lief er talauswärts, zunächst die Landquart entlang, dann dem allmählich ansteigenden Fahrweg durch die Wiesen folgend. Seine Augen hatten sich bald an die Dunkelheit gewöhnt, doch als der Weg nach etwa zwei Kilometern in den Wald führte und zu steigen begann, wurde es schwieriger. Er sah durch die schwarzen Baumstämme nach oben, ob sich nicht bald der Mond oder ein paar Sterne zeigten, aber nur ein fahlgrauer Himmel war auszumachen.

Sollte er nicht doch besser umkehren? „Nein, auf jeden Fall weiterlaufen!", sagte er sich nach kurzem Überlegen trotzig. Schon bald musste die Wegbiegung kommen, an welcher ein Stapel mit Brennholz lag, den die Waldarbeiter dort aufgeschichtet hatten und an welchem ein mit einer Schnur befestigtes Pappschild die Wanderer aufforderte, bitte soviel von diesem Holz mit in die Fergen-Hütte zu nehmen, als man zu verbrauchen beabsichtige. Und nur einige hundert Meter nach dieser Kehre würde der Wald sich lichten.

Heinrich lief schon lange nicht mehr so schnell wie zu Anfang. Waren zunächst seine zornigen Gedanken nur um Barblina und deren Untreue gekreist, so beanspruchte nun der steile Anstieg in der fast völligen Dunkelheit seine ganze Konzentration. Zwar kamen ihm mehr und mehr Zweifel an seinem Unternehmen, aber noch überwogen Wut und Enttäuschung, so dass er sich nicht eingestehen wollte, dieser nächtliche Ausflug sei möglicherweise unvernünftig und risikoreich. Er redete sich gut zu – gleich würde er die Baumgrenze erreichen. Von dort aus verlief der Weg zur Hütte über offenes Gelände und war deshalb besser zu erkennen als hier zwischen den schwarzen Baumstämmen.

Tatsächlich war er nach vielleicht einer Stunde bei dem Stapel mit dem Brennholz angelangt. Um ein Haar hätte er ihn in der Finsternis verfehlt, aber das Holz verströmte noch jetzt einen würzigen Duft nach Harz und Sommersonne, den er im Vorbeigehen wahrnahm. Tastend griff er etwa zehn Scheite, band sie mit einem Stück Schnur aus der Seitentasche seines Rucksacks zu einem Bündel zusammen, packte es auf seine Schulter und ging entschlossen weiter.

Der Geruch des Holzes so nahe an seinem Gesicht erinnerte ihn an den Küchenherd in seinem Elternhaus, obwohl dort meistens Torf verbrannt wurde, den man im Sommer im nahen Moor selbst zum Trocknen hatte aufschichten müssen – eine mühsame Arbeit. Der Torf wurde von großen Maschinen in langen Reihen bis zum Horizont zehn Zentimeter tief aufgebrochen und im selben Arbeitsgang in etwa vierzig Zentimeter lange und zwölf Zentimeter breite Stücke geschnitten. Im Hochsommer sah man auf der baum- und strauchlosen Fläche oft ganze Familien, die in gebückter Haltung den Torf aufhoben und aus jeweils acht Stücken kleine Türme bauten, durch die der Wind blies. Auf diese Weise wurde der Torf getrocknet, und im Herbst brachte ein Pferdefuhrwerk gegen geringes Entgelt die dem sommerlichen Arbeitseinsatz entsprechende Menge bis vor die Haustür der Leute, die sich weder Holz noch Briketts leisten konnten.

Heinrichs Aufgabe war es immer gewesen, die Fuhre Torf mit dem Bollerwagen von der Straße auf die Diele zu bringen, wo das wertvolle Brennmaterial neben dem Schweinekoben in einem großen Bretterverschlag lagerte, ehe es nach und nach im Küchenherd verfeuert wurde und so ähnlich roch wie das Holz, das er jetzt, fast 1.000 Kilometer von zu Hause entfernt, den Berg hinauftrug.

Er empfand plötzlich starkes Heimweh nach dieser Küche, nach seinem Elternhaus, das ihm doch, als er noch dort wohnte, oft so klein, armselig und bedrückend vorgekommen war. Wie hatte er sich weggesehnt von der Armut und Enge, besonders von den religiösen Zwängen. Die zahlreichen, nicht enden wollenden Gebetsabende seiner Kindheit fielen ihm ein, wenn seine älteste Schwester Hedwig in ihrer aufdringlich frömmelnden Art im Rosenkranzmonat Mai die Eltern und die sechs Geschwister zwang, sich um den von ihr gestalteten kitschigen Maialtar zu versammeln und auf Knien alle fünf Gesetze entweder des freudenreichen, des glorreichen oder des schmerzhaften Rosenkranzes zu sprechen. Mit vor Ergriffenheit bebender Stimme betete sie vor, während sie die Perlen des Rosenkranzes durch die Finger gleiten ließ: „Gegrüßet seist du, Maria, voll der Gnaden ..." bis: „... der du, o Herr, das schwere Kreuz getragen hast." „Heilige Maria, Mutter Gottes, bitte für uns Sünder, jetzt und in der Stunde unseres Todes. Amen", rappelten die anderen das Gebet zu Ende, und die Kinder zählten an den Fingern jedes Amen mit. Und wenn beim etwa vierten Gesetz eines von den kleineren Geschwistern durch die Monotonie des Gebetes schläfrig wurde und umzukippen drohte, hob sich die Stimme der Vorbeterin drohend, und nahezu kreischend weckte sie das Kind wieder auf.

Hedwigs wegen – sie hatte ihn beim Pastor verpetzt – war auch seine erste zarte Liebe zu Gertrud in die Brüche gegangen: Die sei doch evangelisch und somit quasi ein Heidenkind, auf jeden Fall kein Umgang für einen katholischen Jungen, wurde er durch das Beichtstuhlgitter flüsternd, aber mit vorwurfsvollem Unterton ermahnt. „Zur Buße bete zehn Vaterunser. Gelobt sei Jesus Christus." „In Ewigkeit. Amen" hatte man zu antworten, ehe man aus dem Beichtstuhl stolperte, was mit Holzschuhen an den Füßen nie geräuschlos abging und im übrigen von den beichtwilligen Mitschülern, die ungeduldig in langen

Reihen vor dem Beichtstuhl warteten, beifällig grinsend kommentiert wurde. Da man wusste, wie sehr der Holzschuhlärm die Beichtväter in Rage versetzte, suchten einige besonders Mutige sich gegenseitig mit Gepolter zu übertrumpfen, obwohl sie doch eben erst durch Reue und Vorsatz und Absolution wieder in den Stand der „heiligmachenden Gnade" gelangt waren.

Sein kleiner Bruder Anton hatte sich einmal sehr erfolgreich an diesem Wettkampf beteiligt, konnte seinen Triumph jedoch nicht lange genießen, da Hedwig davon erfuhr und all ihre hinterhältigen Mittel einsetzte, die ihm den Spaß an einer Wiederholung gründlich verdarben.

Heinrich hatte Hedwig manchmal nahezu gehasst, weil sie in einer mit Heiligenbildern beklebten Wachstuchkladde akribisch vermerkte, wann und wie oft er und die anderen Familienmitglieder zur Beichte zu gehen hatten. Seiner Lieblingsschwester Maria versuchte sie permanent einzureden, wie traurig der liebe Heiland sei, dass Maria vor dem Essen das Tischgebet oft ohne Andacht herunterleierte. Zudem drängte sie der Achtjährigen scheinheilig ihre Mithilfe bei der monatlichen „Gewissenserforschung für die Kinderbeichte" auf und erfuhr auf diese Weise von all den harmlosen kindlichen Verfehlungen, die jedoch nach Hedwigs Meinung alle schwerwiegend waren und ausreichten, um die soeben verheilten Wunden des Gekreuzigten immer wieder neu bluten zu lassen.

Erstaunlicherweise wurde die kleine, resolute Maria mit dieser Gewissenslast recht gut fertig. Heinrich musste lachen in Erinnerung daran, wie geschickt sie den Spieß umzudrehen verstand, wenn sie die große Schwester etwa beim Naschen von Marmelade oder Honig erwischte. Dann schob sie Hedwig alle Pein des Herrn, jeden Stich der Dornenkrone, jeden Fall unter dem schweren Kreuz auf dem Weg nach Golgatha in die Schuhe und schilderte phantasievoll alle Qualen, die Marmeladen- und Honigdiebe nicht nur im Fegefeuer, sondern ebenso in der Hölle bis in alle Ewigkeit zu erwarten hatten.

Ja, in der Furcht des Herrn, was immer das zu bedeuten hatte, war auch Heinrich aufgewachsen. Seine arme Mutter hatte sich dieser Methode wohl bedienen müssen, um mit ihren sieben Kindern halbwegs fertig zu werden. Von ihrem weichherzigen, zudem durch seinen Beruf als Postbote häufig abwesenden Ehemann hatte sie diesbezüglich keine große Unterstützung.

Heinrich wurde aus seinen Gedanken gerissen, als er den dunklen, aber schützenden Wald hinter sich ließ und den offenen Hang mit den Hasel- und Weidensträuchern erreichte. Ein eisiger Wind riss ihm ein Ende des Schals vom Hals und die Mütze vom Kopf. Er konnte beides gerade noch mühsam festhalten.

Statt dass das erhoffte Mondlicht den steilen Weg beleuchtete, hatte der Himmel sich mit dichten, schnell vorbeijagenden Wolken bezogen. Die Sicht wurde immer schlechter. Für einen Moment verlor er jegliche Orientierung und der Irrsinn seines Unternehmens wurde ihm nun in seinem ganzen Ausmaß bewusst. Doch er flüchtete sich in Sarkasmus.

„Das ist ja wie in diesem rührseligen Bergroman von

Adalbert Stifter, der in der ‚Gartenlaube‘ als Fortsetzungsroman abgedruckt worden war ... oder war der von Ludwig Ganghofer? Oder von Peter Rosegger?“ Und als seine Augen sich dennoch mit Tränen der Scham und Wut füllten, machte er den scharfen Wind dafür verantwortlich.

Sich einer Frau wegen in solche Gefahr zu begeben! Warum hatte er Barblina nicht doch zur Rede gestellt? Vielleicht waren ihre Schweizer Küsse ja harmlos gewesen, nur er hatte theatralisch überreagiert und ein Drama daraus gemacht. Die Chance zu einer Rechtfertigung hätte er ihr fairerweise einräumen sollen, statt dessen stand er nun hier in dieser eisigen Kälte und schier undurchdringlichen Dunkelheit, und mehr und mehr kroch Überlebensangst in ihm hoch.

Das Bündel Brennholz drückte schmerzhaft auf die linke Schulter, ein Wechsel auf die andere Seite brachte keine große Erleichterung. Er drehte sich einmal um sich selbst, um die genaue Richtung des Windes festzustellen, aber dieser schien von allen Seiten gleichzeitig zu kommen. „Bloß keine Panik“ hörte er sich laut sagen. Seine Augen suchten nach einem markanten Punkt, an welchem er wenigstens seinen ungefähren Standort würde ausmachen können – vergeblich.

Er schalt sich einen Volltrottel. Hatte sein Meister nicht ihm, dem in den Bergen gänzlich Unerfahrenen, bei ihrer ersten Wanderung nach Fergen alle Gefahren einer Bergtour aufgezeigt? Besonders vor schnellen Wetterumschwüngen mit dramatischen Temperaturstürzen hatte er ihn gewarnt. Immerhin: an etwas zu essen und zu trinken hatte er gedacht. Er nahm einen Schluck von dem eiskalten Wasser aus seiner Feldflasche: „In den Romanen haben sie in solchen Situationen wenigstens heißen Tee", haderte er mit sich. Seine vor Kälte fast tauben Finger tasteten nach der Blechdose und entnahmen ihr wahllos, was sich ihnen gerade bot: zwei oder drei von Barblinas Springerle, dann ein paar Spekulatius. Der vertraute Geschmack trieb ihm erneut Heimwehtränen in die Augen, er begann in Selbstmitleid zu zerfließen.

Plötzlich erkannte er durch ein Loch in den dichten Wolken tief unten im Tal einige wenige Lichter und in der Ferne die schneebedeckte Silhouette des Canard-Horn auf der gegenüberliegenden Talseite. Gott sei Dank, rechts unten lag demnach Klosters, er musste sich also links halten und in etwa dieser Höhe weiterlaufen. Er erkannte sogar für einen kurzen Moment den Trampelpfad der Schafherde, den diese im Verlaufe vieler Sommer auf den hochgelegenen Weiden festgetreten hatte und der direkt zu einem aus Brettern und Balken grob zusammengehauenen Unterstand für die Tiere führte. Notfalls würde er die Nacht dort verbringen müssen.

Rasch verschnürte er den Rucksack wieder, nahm das Brennholz über die Schulter und lief weiter, immer auf die hellen Flächen der Silvretta zu, die sich von Zeit zu Zeit in der Ferne am Himmel abzeichneten. Seine Füße verfingen sich in Heidelbeersträuchern und Kriechweide, niedrige Erlenzweige schlugen ihm schmerzhaft ins Gesicht. Immer häufiger strauchelte und stolperte er, die eiskalten Zehen begannen zu schmerzen. Nach einiger Zeit erkannten seine angestrengt spähenden Augen das dichte Haselgebüsch und den steilen Felsabbruch, den die Bauern geschickt als Rückwand für den Unterstand genutzt hatten. Er kämpfte sich durch das Gezweig und stolperte über Steine und gefrorenen Schafmist in das Innere. „Ist jemand hier?", rief er hinein, aber wie zu erwarten war antwortete niemand.

Im Schafstall war es zwar nahezu windstill, aber so dunkel, dass er sich nur mit Händen und Füßen tastend eine vage Vorstellung von seiner Größe und Beschaffenheit machen konnte. Er riss ein Streichholz an, aber es blendete nur. Er überlegte kurz: Sollte er hier bleiben? Ach nein, lieber nicht. Die Kothaufen rochen zwar nicht mehr, aber ekelten ihn dennoch. In einer halben Stunde könnte er die Fergen-Hütte erreichen, die Petroleumlampe entzünden und mit den herauf geschleppten Holzscheiten ein wärmendes Feuer machen. Dann würde er sich in fünf oder sechs Decken aus dem Matratzenlager einpacken und diesen ganzen Alptraum verschlafen.

Er trat wieder nach draußen und überquerte auf dem Trampelpfad der Schafe das erste Tobel*, das zweite lag gleich dahinter. Sechs solcher Einschnitte im Hang gab es. An den tiefsten Stellen der Tobel liefen im Sommer kleine Bäche oder Rinnsale zu Tal, die von den Schafen an günstigen Stellen als Tränke genutzt wurden. Jetzt war der ausgetretene Boden zu dicken Klumpen gefro-

* *senkrechte enge Bachschlucht*

ren, die das Vorwärtskommen noch mühsamer machten. Am liebsten hätte er das Brennholz, das auf seiner Schulter immer schwerer zu werden schien, weggeworfen, aber dann hätte er womöglich in der Hütte kein Feuer machen können, denn nicht alle Wanderer nahmen wie er tatsächlich Holz mit hinauf, sondern verbrauchten oft rücksichtslos die restlichen Scheite, die sie vorfanden.

Hatte er nun das vierte oder das fünfte Tobel hinter sich gebracht? Seine Füße verloren immer häufiger den Pfad. Auch war ihm in seiner dünnen Windjacke trotz des schafwollenen Pullovers darunter entsetzlich kalt. Dann und wann löste sich unter seinen Tritten ein Stein und rollte mit frostklirrendem Gepolter zu Tal. Der Wind wurde heftiger, nahm innerhalb von Minuten an Stärke zu und trieb ihm Schneeflocken ins Gesicht.

Auch das noch! Schnee! Also hatten die Männer am Bahnhof mit ihrer Wetterprognose recht gehabt, als sie sagten: „Es schmöckt vo Schnee!?" Urplötzlich stand er inmitten eines heftigen Schneetreibens, das ihm endgültig die Sicht nahm. In wenigen Augenblicken füllten sich die Falten seiner Jacke mit Schnee, kleine, nasse Flocken hängten sich in seine Wimpern und schienen im Moment zu gefrieren. Sein Atem ging keuchend und schmerzte im Rachen, sein Mund war wie ausgetrocknet. Dennoch bewegten sich seine Füße in den Nagelschuhen mechanisch weiter. Nur nicht stehenbleiben, sich auf jeden Fall bewegen! In den kurzen Augenblicken, da der Wind nachließ, lauschten seine Ohren gespannt auf das Geräusch des Fergenbaches – vergeblich.

Plötzlich stand er vor einer Felswand, sein rechter Fuß stolperte und er schlug mit der Stirn an den rauen Stein. Der Rand seiner Wollmütze dämpfte zwar den Aufprall, aber ihm wurde schwindlig. „Ich muss mich einen Moment setzen", hörte er sich laut sagen und erschrak vor der eigenen Stimme. Eine andere Stimme schien zu antworten: „Nein, man darf sich in dieser Kälte nicht hinsetzen, die Gefahr des Einschlafens und damit des Erfrierens ist zu groß, weiterlaufen!" Seine eigene Stimme sagte: „Blödsinn, ich bin doch keine Figur in einem dieser verfluchten Bergromane, deshalb werde ich die Augen nicht schließen, ich werde nur warten, bis der Schwindel vergeht, ich werde etwas essen, damit ich nicht einschlafe, ich will mich nur setzen und ich werde die Augen nicht schließen und ich werde nicht einschlafen, ich werde etwas essen und ich werde nicht einschlafen, nur einen Moment sitzen, bis der Schneesturm vorbei ist, bis ich überhaupt sehen kann, wo ich bin. Ich werde schon nicht einschlafen ...ich werde nicht einschlafen ...".

Er ließ sich in die Hocke gleiten. Die Schnur, die das Brennholz zusammenhielt, entglitt seinen froststeifen Fingern und die Scheite fielen neben ihm in eine Schneewehe. Durch seine vereisten Wimpern sah er geradeaus in die Dunkelheit. „Ich werde nicht einschlafen, ich werde nicht einschlafen", hörte er sich wieder und wieder sagen.

Er hob lauschend den Kopf, als ganz in seiner Nähe jemand seinen Namen rief: „Heinrich!" Trotz des tobenden Sturmes war die Stimme deutlich wahrnehmbar: „Heinrich." Und nachdrücklicher: „Heinrich!" Er starrte nach links in die Richtung, aus der die Stimme zu kommen schien, und wieder hörte er sie laut und vernehmlich: „Hinnerk!" Er stand auf. Außer seiner Mutter hatte niemand jemals diese plattdeutsche Version seines Namens benutzt. „Mama?", fragte seine Stimme in die Dunkelheit. „Hinnerk", antwortete es.

Durch das dichte Flockentreiben sah er nur wenige Meter entfernt seine Mutter stehen. Kein Zweifel, das war seine Mutter in ihrer grauweiß gemusterten Schürze über dem schwarzwollenen langen Sonntagskleid ... sogar die Granatbrosche am Stehkragen, die sie nur an Feiertagen trug, konnte er erkennen. „Um Gottes Willen, Mama, wie kommst du hier herauf?" Sie winkte ihn mit ihrer rechten Hand zu sich heran. „Mama," entfuhr es ihm, „bleib stehen, hinter dir geht es steil bergab, ich kenn mich hier aus, bleib um Himmel Willen stehen, warte, ich komm zu dir herüber, bleib stehen ... wir müssen gleich an der Hütte sein ... großer Gott, du hast ja deine Pantoffeln an ... bleib stehen." Aber sie ging weiter in die eingeschlagene Richtung, schaute sich ein paar Mal nach ihm um und bedeutete ihm mit der Hand, ihr zu folgen. Heinrich stolperte ihr nach, glitt auf dem gefrorenen Weg aus und konnte sich kaum aufrecht auf den Beinen halten. Für ein paar Sekunden schien der Schneesturm sie verschluckt zu haben, er schrie: „Mama, Mama!" Aber da stand sie nur ein paar Schritte von ihm entfernt auf den grob behauenen Steinstufen vor der Eingangstür der Fergen-Hütte, ihn noch immer mit der Hand heranwinkend. Er kletterte auf allen Vieren zu ihr herauf, schluchzend vor Angst um sie, die durch die Tür verschwand.

Er griff nach der Klinke, die Türe war wie gewohnt nicht abgeschlossen. Es war dunkel in der Hütte und eigenartig warm. Er tastete nach den Streichhölzern, die er auf dem Sims über der Feuerstelle wusste, und strich eines der Hölzer an. „Mama?"

Die Hütte war leer.

Er warf seinen Rucksack auf die Bank neben der Tür. „Soso, jetzt bin ich also auch einer von diesen Spökenkiekern*, von denen es im Emsland ja nur so wimmeln soll ... das hier war bestimmt ein Beispiel von ‚schichtig kieken'** können ... aber wieso hab' ich ausgerechnet meine Mutter gesehen? Und noch dazu in Pantoffeln? So, jetzt mal der Reihe nach …"

Nach und nach wurde ihm bewusst, dass er wenige Meter vor dem Ziel doch eingeschlafen sein musste, obwohl er sich dagegen gesträubt hatte, und durch diesen lebhaften Wachtraum möglicherweise dem Tode durch Erfrieren entgangen war. „Das muss ich Mama schreiben." Dann trug er eine Matratze und mehrere Wolldecken vor die Feuerstelle, aber zu erschöpft, um ein Feuer zu entfachen, legte er sich so wie er war hin und schlief ein.

Stille weckte ihn nach mehreren Stunden. Er war sofort hellwach. Mit halb geöffnetem Mund horchte er, den Atem anhaltend. Fahles Licht stand hinter den kleinen Fenstern – und diese unglaubliche Stille. Er schälte sich

*Geisterseher **sinngemäß: das zweite Gesicht haben

aus dem Berg von Wolldecken, setzte sich auf und sah durch die Scheiben, dass es schneite. Große Flocken glitten langsam zu Boden, kein Windstoß veränderte ihren senkrechten Fall. Er sah sich in der Hütte um und erblickte im Zwielicht einen Stapel ordentlich aufgeschichteter Holzscheite neben der Eingangstür. Ist das das Holz, das ich gestern heraufgetragen habe?, überlegte er. Nein, das kann es nicht sein, ich erinnere mich, dass mir der Stapel von der Schulter gerutscht ist, als mir schwindlig wurde ... es muss noch da draußen liegen. Er stand auf und stellte fest, dass er sich in voller Kleidung hingelegt hatte, die schweren Schuhe noch an den Füßen. Nur die Mütze war ihm vom Kopf gerutscht. „Mit Schuhen ins Bett! Wenn Mama das gesehen hätte!"

Er öffnete die Tür. Fußhoch lag Schnee auf der Schwelle. Heinrich fegte ihn mit dem Reisigbesen, der griffbereit an einem Haken neben dem Türpfosten hing, zur Seite und ging hinaus. Ganz in der Nähe musste das Holz ja liegen. Im heraufziehenden Morgenlicht würde es nicht zu übersehen sein, auch wenn der Schnee es möglicherweise zum Teil zugedeckt haben sollte. Suchend lief er in die Richtung, aus der er gestern gekommen sein musste – nichts. Dann entdeckte er einige Schritte entfernt plötzlich den Felsen, an dem er sich den Kopf gestoßen hatte. Er ging auf den riesigen Stein zu. Da lagen die Scheite auf einem schmalen Vorsprung, und unmittelbar daneben ging es senkrecht etwa acht bis zehn Meter tief einen steilen Abhang hinunter.

„Jetzt wird's aber langsam kitschig", dachte er sich.

„Aber so ist das eben in den Bergdramen: irgendwann steht immer einer am Abgrund und wird in letzter Minute nur durch ein Wunder gerettet ... warum nicht auch ich?" Er spürte jedoch deutlich, wie ihm der Schweiß ausbrach und gleichzeitig eine Gänsehaut an Armen und Beinen hochkroch. Seine Füße suchten einen sicheren Stand, dann hob er das Holz auf, schüttelte den Schnee ab und trug die Scheite in die Hütte. Er lehnte sich mit der Stirn an die Türe und ließ den Kopf ein paar Mal mit dumpfem Geräusch an das raue Holz schlagen. „Du lieber Gott, das waren keine 70 Zentimeter ... zwei Schritte weiter und ich läge jetzt vermutlich tot auf dem Geröll, erst im Frühling hätten sie mich gefunden ... dafür wäre ich zwar erstmals in der Klosterser Zeitung erwähnt worden, allerdings wohl auch zum letzten Mal ... also wirklich, das muss ich Mama schreiben." Er legte die nass gewordenen Scheite neben den Holzstapel und machte sich mit einigen trockenen Klötzen ein Feuer, in dessen Wärme er neuerlich einschlief.

Erst am späten Vormittag erwachte er und trat vor die Hütte. Der frisch gefallene Schnee hatte die gestern noch so bedrohlich wirkende Bergwelt in eine romantische Märchenlandschaft mit silbrig glänzenden Gipfeln verwandelt. Weihnachten in den Bergen! Genau so wie man sich's im Emsland vorstellt! Die Sonne schien von einem postkartenblauen Himmel. An ihrem Stand konnte Heinrich ungefähr die Tageszeit ablesen: wahrscheinlich etwa 10 Uhr. Er stand auf, nahm einen Kochtopf vom Haken neben der Feuerstelle und ging nach draußen, um vom

Fergenbach Wasser für einen Tee zu holen. Aber anstelle des fließenden Wassers hingen lange, zu bizarren Gebilden erstarrte Eiszapfen im steil aufsteigenden Bachbett. Deswegen also hatte er den Bach nicht hören können, der bei seinen vorigen Besuchen mit tosendem Geräusch vom Fergenkegel herabgestürzt kam. Er schöpfte ein paar Hände voll Schnee in den Topf, entfachte das Feuer in der Küche neu und goss mit dem Schmelzwasser und einigen getrockneten Brombeerblättern aus dem Notvorrat der Hütte einen Tee auf. Auch etwas Zucker fand sich, ebenso ein getrocknetes Ringbrot, das zum Schutz vor Mäusen an dünnen Schnüren unter der Decke hing. Aber da es das letzte zu sein schien, ließ er es unberührt – für etwaige nachfolgende Wanderer in noch größerer Not. Stattdessen entnahm er der Blechdose in seinem Rucksack die restlichen Plätzchen und aß sie. Ein letztes Springerle hängte er unter die Decke an die Schnur, an der das Ringbrot hing.

Erst während dieses Frühstücks wurde er sich der Geschehnisse der vergangenen Nacht wirklich bewusst, konnte er wieder klare Gedanken fassen. Er würde mit Barblina reden müssen, egal was dabei herauskommen würde, ebenso mit seinen Wirtsleuten. Für diese allerdings musste er sich eine möglichst glaubhafte Ausrede ausdenken, denn wenn er ihnen den wahren Sachverhalt berichtete, würde er sich nicht nur zum Gespött der Werkstatt machen, nein, das ganze Dorf würde kopfschüttelnd über ihn reden: Wer hatte je von so einem Schwachkopf gehört, der in der Weihnachtszeit nachts, in völliger Dunkelheit und quasi ohne vernünftigen Proviant allein zur Fergen-Hütte hinaufgestiegen war, sich also freiwillig in akute Lebensgefahr begeben hatte? Ein solch vollkommener Trottel konnte nur ein „Schwabe" sein, allerdings einer mit einem sehr bergerfahrenen Schutzengel.

Das Feuer war erloschen. Heinrich brachte die Asche mit der Kehrichtschaufel nach draußen in den Schnee, faltete die Wolldecken ordentlich zusammen, stapelte das restliche Holz an dem dafür vorgesehenen Platz wieder auf und machte sich auf den Heimweg, den er nun bei Tageslicht trotz des frisch gefallenen Schnees in kürzester Zeit meisterte. Ein paar Skifahrer mit Fellen an den Brettern kamen ihm entgegen und stiegen bergauf. Offensichtlich erfreut über die sehnlichst erwartete weiße Pracht riefen sie ihm „Fröhlichi Wiehnacht" zu.

Kurz vor dem Eisplatz am „Hotel Vereina" sah er eine ihm bekannte Frauengestalt auf sich zukommen. Der Atem stockte ihm, sein Pulsschlag beschleunigte sich rasend: Barblina. Um diese Zeit? Ach ja, sicher hatte sie jetzt Zimmerstunde und nutzte die freie Zeit für einen kurzen Spaziergang – dann musste es etwa 14 Uhr sein. Er sah sich nach einer Stelle um, wo er ihr vielleicht ausweichen könnte, aber sie hatte ihn ebenfalls gesehen, schwenkte grüßend beide Arme und begann zu rennen, direkt auf ihn zu. „Heiri, Heiri, wo bisch du gsi?"*, rief sie und fiel ihm sogar um den Hals. Er wusste gar nicht, wie ihm geschah. Zuerst misstrauisch zögernd, dann eigenartig erleichtert

* *„Wo bist Du gewesen?"*

umfasste er sie hölzern mit den Armen: „Barblina!"

„Ich bin wieder da, freust du dich nicht? Eigentlich hatte ich dich gestern am Bahnhof erwartet, du wusstest doch, dass ich kommen würde ..." Heinrich begann zu stottern: er habe sich in Luzein verspätet und deshalb den Zug verpasst und ... „Du hättest meinen Bruder kennenlernen können, ich habe ihm von dir erzählt, er ist mit mir gefahren, weil er nach Chur in die Rekrutenschule muss, der Ärmste ..." Also doch, deshalb also die Küsse, deshalb die Abschiedstränen! Ich Idiot, Idiot, Idiot, durchfuhr es ihn pausenlos, während sie lachend und von zu Hause erzählend neben ihm herlief. Auf dem kurzen Weg zwischen den ersten Häusern blickte sie rasch um sich, legte ihm die Arme um den Hals und küsste ihn. „Gehen wir heute Abend in die Schwemme zum Tanzen?" „Aber natürlich, gern, wenn du Zeit hast ... ich wollte dich sowieso einladen!" „Also denn bis hüt z'abig, ciao Heiri!"*, rief sie im Davonlaufen. Er sah ihr nach und fühlte ein unbeschreibliches, frohes Gefühl in sich aufsteigen.

Im Treppenhaus kam ihm Frau Winkler entgegen. Ehe er mit seiner sorgfältig zurecht gelegten Ausrede beginnen konnte, unterbrach sie ihn: Wo er denn überhaupt gesteckt habe? Seine Mutter aus Deutschland habe schon zweimal angerufen, sie hätte sehr besorgt geklungen, er möge sofort ein Ferngespräch für diese Nummer anmelden. Sie hielt ihm einen Zettel hin.

* *„Dann bis heute abend."*

„Meine Mutter hat angerufen?" Das sei kaum möglich. Sie habe seines Wissens noch nie in ihrem Leben telefoniert, weil ihr diese neue technische Errungenschaft unheimlich und wie Teufelswerk vorkomme. Außerdem gebe es in seiner Heimatstadt insgesamt noch keine zwanzig Telefone.

Aber Frau Winkler zog ihn in die Wohnstube und bestand darauf, er solle von ihrem erst kürzlich installierten Apparat aus diese Nummer anmelden, es sei die Nummer des dortigen Pfarrers.

Während er auf die Verbindung wartete, die das Fräulein vom Amt so schnell wie möglich herzustellen versprochen hatte, gaukelte ihm seine Phantasie alle möglichen schrecklichen Ereignisse vor: War dem Vater etwas zugestoßen? War das Haus abgebrannt? War jemand in der Familie schwer krank? Als die Verbindung endlich zustande kam, war er auf das Schlimmste gefasst: „Mama? Was ist passiert?"

„Hinnerk, bist du das? Ich kann dich schlecht verstehen ... geht es dir gut, bist du wohlauf? Was war gestern Abend los, wo warst du? Ich war so müde und wollte schon um halb zehn zu Bett gehen, aber ich konnte nicht, weil ich plötzlich so unruhig wurde und ganz schreckliche Angst um dich hatte, als wärst du in großer Gefahr."

Heinrich merkte, wie eine plötzliche Röte sein Gesicht überlief, die Ohren wurden heiß und die Hand, die den Hörer hielt, begann eigenartig zu zittern: Gestern Abend? Halb zehn? Als der Schneesturm aufkam? Und kurz vor dem Ziel war er für ein paar Sekunden eingeschlafen und hatte sich eingebildet, seine Mutter stünde in Pantoffeln vor der Fergenhütte ?

„Hinnerk?"

Er versuchte ein beruhigendes Lachen, aber es kam gequält. „Mama, du alte Spökenkiekerin, nichts Besonderes war los, ich habe eine Wanderung gemacht und in einer Berghütte übernachtet ... übrigens hab ich von dir geträumt." Nun klang die ängstlich flatternde Stimme seiner Mutter tränenerstickt. „Hinnerk, ich bin so froh, dass du lebst ... ich habe vor dem Bett gekniet und die halbe Nacht für dich gebetet ... ich weiß, dass du mich auslachen und über mich spotten wirst, aber ..." Ihre Stimme wurde ganz leise und verstummte schließlich.

Auch Heinrich schwieg. Er drehte sich um zum Fenster, damit Frau Winkler sein Gesicht nicht sehen konnte.

Das Fräulein vom Amt fragte: „Hallo, sprechen Sie noch?" „Ja, ja, nicht unterbrechen ... Mama? Nein, ich lache dich absolut nicht aus und spotte ganz bestimmt nicht darüber ..." Er hustete, um einen Kloß im Hals loszuwerden. „Wenn du wüsstest, wie gut das tut zu wissen, dass du an mich denkst ... danke, dass du für mich gebetet hast ... und danke, dass du dir die Mühe gemacht hast, mich anzurufen, und ... mach dir keine Sorgen, jetzt geht's mir gut, sehr gut ... Zum Geburtstag male ich dir endlich das versprochene Marienbild, das du dir schon so lange wünschst ... ich weiß schon, wie es aussehen wird ... es wird dir gefallen ... fröhliche Weihnachten, Mama ..."

Dann hängte er den Hörer wieder an den dafür vorgesehenen Haken. „Ich werde das Gespräch morgen bezahlen", sagte er mit tonloser Stimme. „Ischt scho rächt", antwortete Frau Winkler, nahm aus ihrer Schürze ein Taschentuch und wischte ihm damit übers Gesicht: „Es ischt ganz neu und sauber. Behalten Sie es nur, vielleicht brauchen Sie es noch", fügte sie hinzu. Seine Schultern begannen krampfartig zu zucken. Er ergriff das Tuch und rannte aus dem Zimmer.

Heinrich hat sein Versprechen noch in jenem Winter wahr gemacht und für seine Mutter eine etwas bäuerliche, liebevoll lächelnde Madonna mit Kind gemalt. Jahrzehnte später tauchte das Bild in einer Ausstellung auf. Ein Kritiker schrieb, dieses Frühwerk aus dem Jahre 1931 ließe, obschon noch etwas ungelenk gemalt, unübersehbar des Künstlers Talent sowie einen tiefen inneren Bezug zum Thema „Mutter-Kind" erkennen.

Und Barblina? Sie blieb schließlich doch in ihrer Schweizer Heimat, während Heinrich in seine Heimat ins Emsland zurückkehrte, wo er eine neue Liebe fand und heiratete. Aber das ist eine andere Geschichte …

Eine glückselige Weinnacht

Es begab sich an einem kalten, wolkenverhangenen Montagmorgen im grauen Monat November. Versuchen Sie bitte, sich eine stille, friedliche Wohnstraße mit lauter gepflegten Einfamilienhäusern in lauter gepflegten Gärten in einer stillen, friedlichen Kleinstadt vorzustellen.

Es ist etwa 9 Uhr morgens. In seiner gemütlichen Wohnküche sitzt ein Ehepaar beim Frühstück, beide noch im Morgenrock bzw. Bademantel, Hausschuhe an den Füßen, wortkarg, aber nicht feindselig, die Lesebrillen auf den Nasen. Ein ganz normales Ehepaar also. In drei Jahren werden beide ein Anrecht auf Seniorenkarten bei der Bahn und ermäßigten Eintritt sowohl im örtlichen Tierpark als auch zu den Warmbadezeiten im Hallenbad haben. Sie heißen Gerda und Karl-Heinz, haben also Namen, die neben Erich, Dieter, Annette oder Helga den durchaus üblichen Namen entsprechen, die glückliche Eltern vor rund sechzig Jahren ihren Neugeborenen gaben.

Gerda ist immer noch hübsch zu nennen, woran auch die Reste des Augen-Make-ups vom Vortag nichts ändern, die als schwarze Schatten um die Augenhöhlen liegen und ihr etwas Eulenhaftes geben. Wenn Karl-Heinz seine Frau etwas genauer ansehen würde, müsste es ihm auffallen, aber – welcher Mann sieht nach dreißig Jahren Ehe noch so genau hin? Gerda weiß das und ist insgeheim nicht unglücklich darüber, da er auf diese Weise die sich mehrenden Fältchen und Falten um ihren Mund und die Augen kaum oder gar nicht bemerkt.

Auch Karl-Heinz möchte man mit seinem dichten graumelierten Haar und seiner sportlichen Figur als nicht unattraktiv, sondern als einen Mann in den besten Jahren bezeichnen, und so fühlt er sich auch. Ob er sich dessen bewusst ist, dass Männer in den besten Jahren ihre guten Jahre bereits hinter sich haben, ist ihm nicht anzumerken.

Die Reste des Frühstücks stehen noch auf dem Tisch, in Gerdas Tasse wird der Kaffee kalt. Sie trinkt ihn gern so, obwohl sie den Spruch, kalter Kaffee mache schön, seit langem ins Reich der Fabel verwiesen hat.

Beide sind mit einem Teil der Morgenzeitung beschäftigt: Gerda – wie jeden Tag – zunächst mit den Todesanzeigen, dann mit den Sonderangeboten und den Lokalnachrichten, während Karl-Heinz mit dem Sportteil der überregionalen Ausgabe beginnt. Gleich wird er sich den politischen Berichten auf der Titelseite widmen und noch einmal im Detail nachlesen, was er gestern Abend in der Tagesschau bereits erfahren hat, um danach – wie jeden Tag – seine bissigen Kommentare über die haarsträubende Unfähigkeit der aktuellen Politiker jeder Couleur abzugeben, was Gerda – wie jeden Tag – ohne Widerspruch zur Kenntnis nehmen wird.

Ihr vorrangiges Interesse gilt – wie jeden Tag – auch heute der zweitletzten Seite der Heimatzeitung und einem Beispiel gewagter zeitgenössischer Lyrik, wie sie wohlmeinende Familienmitglieder dann und wann absondern, besonders zu runden Geburtstagen von Müttern, Schwiegermüttern und Großmüttern – seltener von Großvätern! –, um die so Angesprochenen via Zeitungsinserat zu beglücken. Mit vor Pathos triefender Stimme liest sie laut:

„Karl-Heinz, hör mal zu!

Die Zeit vergeht, der Tag ist da,
unsere Oma Wachtelweg wird heute 75 Jahr.
Sie hat sich fabelhaft gehalten,
hat auch ohne Lifting keine Falten,
macht Busreisen durch ganz Europa,
am allerliebsten ohne Opa,
der lebt dann aus der Tiefkühltruhe,
kann Fußball gucken ganz in Ruhe.
Heute wollen wir Dir sagen,
wie sehr wir Dir zu danken haben.
Drum stell schon mal die Flaschen kalt,
heut' Nachmittag kommt die ganze Familie bald.
Herzlichen Glückwunsch von Nadja und Henry, Andrea und
Maximilian, Luca, Emelie, Kevin und die anderen alle."

„Reim dich oder ich fress' dich", seufzt Gerda und fügt

fragend hinzu: „Kostet so was nicht eine Menge Geld?"
Karl-Heinz antwortet achselzuckend: „Ich denke schon,
aber dafür kann Oma Wachtelweg sich das Gedicht ausschneiden und einrahmen lassen ... Was soll man einer
Fünfundsiebzigerin denn sonst noch schenken? Und das
so kurz vor Weihnachten? In dem Alter haben die doch
alles ... manche fangen im Gegenteil schon an, sich von
ihrem Nippes und anderen Habseligkeiten zu trennen,
damit die Erben mit dem Nachlass nicht so viel Mühe
haben. Wir könnten auch mal anfangen, den Keller zu
entrümpeln ... Warum ist der Kaffee heute wieder so
schlapp?"

Es beginnt das unter altgedienten Ehepaaren nicht un-
übliche morgendliche Gekäbbel über zu dick geschnitte-
nes Brot, über den erschreckenden Qualitätsverlust von
Brötchen aus modernen Backautomaten – „einmal noch
möchte ich ein Brötchen essen, das aus schönem festen Teig besteht und nicht nur aufgebläht ist" –, über
das Frühstücksei, das wieder mal nicht ausreichend ab-
geschreckt wurde, und so fort. Vielleicht kennt der eine
oder die andere von Ihnen ähnliche Situationen, deshalb
erlaube ich mir, auf detaillierte Ausschmückungen zu verzichten.

Als Gerda beginnt, den Frühstückstisch abzuräumen,
klappert an der Haustür die Briefkastenklappe. „Erwar-
test du Post?"

„Ich wüsste nicht von wem", sagt Karl-Heinz, schlurft
aber dennoch zum Briefkasten. „Unter Garantie wieder
Rechnungen oder Reklame ... oder Bettelbriefe ... oder

die Benachrichtigung von einem obskuren Unternehmen, wir sollen uns als glückliche Gewinner einen der Hauptgewinne abholen."

Es dauert eine Weile, bis er in die Küche zurückkommt, ein aufgebrochenes Couvert und einen beidseitig handbeschriebenen Bogen Papier in den Händen.

„Hey, das sieht ja nach einem richtigen Brief aus", stellt Gerda freudig überrascht fest und trocknet sich die Hände ab. „Das ist tatsächlich ein Brief, und zwar eine Einladung von Sülings … Wenn ich das richtig verstehe, wollen die mit uns den Heiligen Abend verbringen, ich kann Reinholds Schrift schlecht lesen …"

„Gib her", sagt Gerda.

Sie überfliegt die Zeilen, schüttelt mehr und mehr ungläubig den Kopf und liest schließlich laut:

„… haben wir uns gedacht, da unsere und auch Eure Kinder inzwischen erwachsen und aus dem Hause sind, das althergebrachte Weihnachten einmal anders, nämlich ohne Weihnachtsremmidemmi zu begehen. Darum möchten wir Euch und Hartmanns gern am 24.12. zu uns einladen und statt eines Weihnachtsabends eine WEINnacht zelebrieren. Wir haben uns von unserem goldprämierten Winzer ein schönes Sortiment seiner besten Ahr-Weine zusammenstellen lassen und würden sie gern am Hl. Abend mit Euch und Hartmanns bei einer fröhlichen Weinprobe verkosten. Reinhilde wird etwas Entsprechendes brutzeln. Seid Ihr dabei? Wir würden uns freuen, wieder einmal mit Euch als unseren ältesten Freunden in entspannter Stimmung von den guten alten Zeiten zu klönen. We-

gen der Übernachtung macht Euch keine Gedanken, die verwaisten Kinderzimmer stehen zur Verfügung. Praktisch wäre es allerdings, wenn Ihr Euer Bettzeug mitbrächtet" usw., usw.

Gerda lässt sich wieder auf ihren Küchenstuhl fallen und sieht Karl-Heinz verblüfft an. „Eine WEINnacht bei Sülings … mir bleibt die Spucke weg."

Auch Karl-Heinz scheint es zunächst die Sprache verschlagen zu haben.

An dieser Stelle muss ich Ihnen erklären, wer Sülings sind: Ein etwa gleichaltriges Ehepaar, Reinhold und Reinhilde, mit Gerda und Karl-Heinz seit Jugendtagen befreundet. Ein Vorzeigeehepaar insofern, als in Sülings Ehe – so wird jedenfalls erzählt – seit mehr als 35 Jahren Friede-Freude-Eierkuchen-Stimmung und ewiger Honeymoon herrschen, der Himmel noch immer voller Geigen hängt und keinerlei Abnutzungserscheinungen den täglichen Sonnenschein, eheliche Freuden und stilles Glück einer vertrauten Gemeinsamkeit trüben!

„Zum Neidischwerden!", flüstern andere Ehefrauen.

„Zum Kotzen langweilig!", sagen deren Männer.

Mit der ungewöhnlichen Harmonie von Reinhold und Reinhilde hatte es schon in der Schulzeit angefangen, wenn auch zunächst nur mit den Vornamen. Dass sie darüber hinaus füreinander wie geschaffen waren, entdeckten sie während der Tanzstunde. Reinhilde ließ ihre engsten Vertrauten schon vor dem Mittelball wissen: „Reinhold und Reinhilde, dabei hat sich das Schicksal doch etwas gedacht – wir sind füreinander bestimmt." Und sie nannten sich gegenseitig „Süling", was sich aus einer Zusammenfassung der beiden Koseworte „Süßer" bzw. „Süße" und „Liebling" ergab.

Reinhold, mit einer Zwei-Plus in Deutsch, schrieb für Reinhilde inhaltsschwere Gedichte, in denen sich Süling auf Frühling reimte. In Ermangelung weiterer Reimwörter – oder wüssten Sie noch ein anderes Reimwort auf Süling? – schmückte er den immer gleichen Frühling phantasievoll mit unterschiedlichen poetischen Adjektiven aus: verheißungsvoll, morgenjung, jauchzend, lockend, blutberauschend und ähnlichem Gefühlsüberschwang. Stolz und geschmeichelt ließ Reinhilde dann und wann eine ihrer engsten Vertrauten diese Herzensergüsse lesen. Auch Gerda war einmal während einer einschläfernd uninteressanten Mathestunde in der Obersekunda in den Genuss einer dieser Oden gekommen. „Aber pass auf, dass Stöckchen dich nicht erwischt!"

„Stöckchen" war der Spitzname von Dr. Hölzel, dem Mathelehrer, den er sich nicht nur durch seinen Namen und durch den dürren Körperbau, sondern auch wegen seiner hölzernen Unterrichtsgestaltung mehr als verdient hatte. Eigentlich hätte „Stöckchen" in dieser Geschichte und erst recht in Reinholds und Reinhildes Liebesfrühling überhaupt keine Rolle gespielt und sein Name wäre vermutlich bei den meisten seiner Schülerinnen in Vergessenheit geraten, wäre er nicht in eben dieser Mathestunde entgegen seiner sonstigen Gewohnheit, nämlich vom

Pult aus die Klasse zu langweilen, dozierend durch die Bankreihen gewandert. Gerda, die sich in der letzten Reihe vor Stöckchens Argusaugen in Sicherheit wähnte, hielt den handgeschriebenen Zettel unter dem Pult versteckt und las atemlos Reinholds Versepos an Reinhilde, die leidenschaftlich Wilde, das angebetete Weib bzw. ihren schneeweißen Leib, „der lustvoll sich entgegenbäumt dem scheuen Jüngling, der's erträumt, des' sehnsuchtsvolles Auge tränt, weil er sich so nach Reinhild sehnt" usw.

Nie zuvor hatte Gerda, außer in Liebesromanen, solche Worte gelesen geschweige denn selber je ein ähnlich klingendes Eingeständnis glühender Verehrung erhalten. Fasziniert und der Welt entrückt, mit offenen Augen träumend, erschrak sie daher maßlos, als Stöckchens Stimme unmittelbar neben ihrer Bank ertönte: „Na, was ist denn da so viel spannender als mein mühevoller Einsatz, Ihnen wenigstens ein paar Mindestkenntnisse der höheren Mathematik beizubringen? Zeigen Sie doch mal her." Das pure Entsetzen in den Augen, hatte Gerda nur flüchtig in das strenge Gesicht des Lehrers geschaut, während peinliche Röte, die fühlbar hinter den Ohren begann, bis zum Haaransatz kroch. Dann erschien blitzartig die nahezu identische missliche Situation des Schülers Pfeiffer mit drei f aus der „Feuerzangenbowle" vor ihrem inneren Auge und – schnupp! – hatte sie den Zettel in den Mund gesteckt. Angewidert hatte Stöckchen sich umgedreht und war zurück zum Pult gegangen: „Wo waren wir vor dieser unappetitlichen Szene stehen geblieben?"

Nach der Stunde, Stöckchen hatte soeben den Raum

verlassen, stürzte Reinhilde auf Gerda zu, überschüttete sie mit einem entrüsteten Wortschwall und beklagte das unrühmliche Verschwinden von Reinholds Ode. Was sie nicht wissen konnte – Gerda hatte das Papierchen gar nicht hinuntergeschluckt, sondern wieder aus dem Mund genommen, säuberlich glatt gestrichen und die Spucke zwischen zwei Löschblättern getrocknet. Solch ausgefeilte Dichterworte überlässt man doch nicht schnöde dem Verdauungstrakt und damit der unwiederbringlichen Vergänglichkeit!

Heimlich, still und leise machte das Briefchen danach in aller Verschwiegenheit bei sehr seltenen Gelegenheiten und nur durch „Ehrenwort und Kreuz in die Hand" abgesichert in Gerdas intimsten Freundeskreis überwältigenden Eindruck, um nach mehreren, von sehnsüchtigen Seufzern begleiteten Lesungen ein wenig zerfleddert in einem Schuhkarton mit weiteren Erinnerungen aus Gerdas Schulzeit zu landen, wo es noch heute vor sich hingilbt.

„Gott, wie süß!", flüsterten seinerzeit zu Tränen gerührt die jungen Mädchen.

„Möchtegern-Goethe!", spotteten hämisch die Jünglinge.

Kurz und gut – Reinhold und Reinhilde heirateten unmittelbar nach Abschluss von Reinholds Studium. Und halb spöttisch und halb neidisch stichelte man im Bekanntenkreis: „Süling here and Süling there, Sülingschätzchen everywhere."

Irgendwann wusste man kaum noch, dass Sülings seit

ihrer Hochzeit Reinhold und Reinhilde Kämper heißen.

Aber zurück zu jenem wolkenverhangenen November-
morgen in der Wohnküche.

„Was soll man dazu sagen?", wiederholt Gerda ratlos und
lässt die Hände sinken. Karl-Heinz hingegen steht federnd
auf. „Das könnte denen so passen, dass wir den ganzen
Heiligen Abend Reinhold und Reinhilde beim Süßholz-
raspeln zukucken. Widerlich, dies' unentwegte Geturtel!
Peinlich! Ekel erregend, in dem Alter!" Er steigert sich in
Rage. „Und ihr Weiber guckt die immer bloß neidisch und
uns normale Ehemänner vorwurfsvoll an. Nä, das muss
ich mir nicht antun. Es gibt gottgewollte und künstliche
Ärgernisse. Weihnachten bei Sülings, selbst in Form einer
WEINnacht, wäre keinesfalls ein gottgewolltes, sondern
einwandfrei ein künstliches Ärgernis. Ohne mich!"

Gerda schiebt ihm wortlos die Tabletten gegen Blut-
hochdruck über den Tisch.

Mit „ihr Weiber" ist übrigens außer Gerda auch Karin
gemeint. Karin ist seit dreißig Jahren mit Jochen Hart-
mann verheiratet. Die beiden zählen ebenso wie Gerda und Karl-Heinz zu den so genannten normalen Ehepaaren, erlebten also im Laufe der Jahre sowohl Höhen
als auch Tiefen. Hin und wieder fliegen die Fetzen, dann
herrscht für eine Weile das „Schweigen im Walde", wie
Jochen es nennt, und dann geht das Leben weiter. Auch
das Thema Scheidung hatte im Laufe der vergangenen
dreißig Jahre in allen Variationsmöglichkeiten und mindestens dreißig Mal im Raum gestanden und reichte von

„Dann geh doch zu deiner Mutter zurück" bis „Morgen hab' ich einen Termin beim Rechtsanwalt". Wie gesagt, ein ganz normales Ehepaar.

„Ich finde die Idee gar nicht sooo abartig", sagt Gerda nach einer Weile. „Du kennst meine Meinung über Weihnachten – jeder ist erleichtert, wenn es vorbei ist … dieser grässliche Geschenketerror. Du willst bloß nicht zu Sülings, weil du ein schlechtes Gewissen bekommst, wenn du dir ansehen musst, wie zärtlich und rücksichtsvoll Reinhold auch nach fünfunddreißig Ehejahren noch mit Reinhilde umgeht und ihr jeden Wunsch von den Augen abliest! Wenn ich daran denke, dass du seinerzeit dem Pastor am Altar versprochen hast, dass du mich immer achten und ehren willst, und schaffst es nicht einmal, mir morgens die Zeitung in geordneter Reihenfolge zu lesen zu geben, obwohl du genau weißt, wie ich dieses Durcheinander der Seiten hasse."

Karl-Heinz atmet tief durch, kann es sich aber doch nicht verkneifen, Gerda einige ihrer ebenfalls vor dem Altar abgegebenen und dennoch nicht gehaltenen Versprechen unter die Nase zu reiben.

„Wer im Glashaus sitzt, sollte nicht mit Steinen werfen, meine Liebe. Habe ich dir nicht tausendmal gesagt, dass ich es nicht ausstehen kann, wenn du meine frisch gebügelten Hemden immer von oben bis unten zugeknöpft in den Schrank hängst? Hat das was mit achten und ehren zu tun? Komm mir nicht am frühen Morgen mit solchen Kleinigkeiten, meine Liebe. Erklär mir lieber, warum der

Kaffee heute wieder so schlapp ist."

Gerda zuckt zusammen, als Karl-Heinz mit drohendem Unterton „meine Liebe" sagt, also einen Terminus benutzt, mit dem üblicherweise die Alarmstufe 1 eines nahenden Ehezwistes angekündigt wird. Aber sie fühlt sich heute nicht als die oft zitierte Klügere, die nachgibt, sondern giftet stattdessen zurück: „Lass mich in Frieden mit zugeknöpften Hemden und deinem lächerlichen Kaffee ... und was für dich ‚Kleinigkeiten' sind – für euch Männer ist natürlich alles, was uns Frauen eine Herzensangelegenheit bedeutet, eine Kleinigkeit! Mental seid ihr erschreckend rohe, ungehobelte Holzklötze im Gegensatz zu uns Frauen, dabei ..." Sie vergewissert sich, dass alle Fenster geschlossen sind, und erhebt ihre Stimme zu dramatischem Diskant. Fortissimo!

Es entwickelt sich ein lautstarker erfrischender Ehekrach, nichts Besonderes, er war längst wieder einmal fällig. Sicher erkennen Sie schon an der Bedeutungsschwere der diskutierten Themen, dass diese Ehe grundsolide und stabil ist.

Zum Mittagessen gibt es Kohlrouladen, denen man anmerkt, dass die Köchin nicht verliebt ist – sie sind also nicht versalzen, sondern rundherum wohlgeraten. Karl-Heinz wischt sich zufrieden mit der Serviette den Mund ab und beendet das „Schweigen im Walde" mit einer lockeren Frage.

„Sollten wir nicht mal bei Karin und Jochen anfragen, was die von einer WEINnacht bei Sülings halten? Ob die dafür sind oder dagegen?" Gerda ist einverstanden, aber: „Wen meinst du mit ,wir' sollten anrufen?", fragt sie. „Dich natürlich." Ergeben geht sie zum Telefon.

Nach einer dreiviertel Stunde, Karl-Heinz hat inzwischen sein Mittagsschläfchen beendet, gibt sie Auskunft über den Stand der Dinge. „Die gehen nur, wenn wir auch gehen. Und wenn, dann möchten sie sich am Gastgeschenk beteiligen … mit leeren Händen dazustehen, sähe irgendwie arm aus … wir sollen uns was ausdenken, sie sind mit allem einverstanden … bis maximal 30 Euro pro Paar, irgendetwas, was nicht jeder schenkt. Aber es soll was hermachen."

„Na bravo", sagt Karl-Heinz, „der Geschenketerror geht weiter, nur in veränderter Form." Er lässt sich neuerlich auf die Couch sinken und nimmt seine Einschlafhaltung wieder ein, indem er Gerda den Rücken zudreht. „Weck mich, wenn Weihnachten und Sülings WEINnacht vorbei sind."

Zum zweiten Mal an diesem Tag liegt ein verbales Unwetter in der Luft, aber Gerda belässt es beim einmaligen lauten Türezuknallen: „Blödmann!" „Zimtzicke!", brummt es aus den Sofakissen.

Drei Tage später – die erwachsenen Kinder sind inzwischen befragt und um ihr Einverständnis gebeten worden: „Seid ihr auch wirklich nicht beleidigt?" „Nicht die Spur, Mama." Klang da nicht sogar eine Andeutung von Erleichterung durch? – hängt Gerda sich wieder ans Telefon und sagt bei Sülings zu.

„Reinhilde, wie seid ihr nur auf diese geniale Idee gekommen?"

„Ach, du kennst doch Reinhold, der hat immer so gute Einfälle ... ich selber bin diesbezüglich nicht so phantasievoll, aber ich hätte dafür andere Vorzüge, sagt Reinhold." Des Langen und Breiten werden Details besprochen. „Reinhold macht euch mit seinem Computer eine Anfahrtsskizze."

„Wieso, wir kennen den Weg doch inzwischen ganz gut ... oder seid ihr umgezogen?" „Nein, das nicht, aber es macht Reinhold so viel Freude ... und damit ist er dann auch wieder eine Weile beschäftigt ... du weißt es ja selbst – Männer im Ruhestand ... und besonders jetzt im Winter, wo im Garten nichts mehr zu tun ist ..."

Schließlich ist nur noch eine Frage offen. „Womit können wir euch denn eine kleine Freude machen? Mit ganz leeren Händen möchten wir doch auch nicht kommen."

Reinhilde stößt einen spitzen kleinen Schrei aus. „Um Gottes Willen, keine Geschenke! Wir haben doch alles, das Haus platzt aus den Nähten. Wenn du es denn gar nicht sein lassen kannst, dann bring was Selbstgebackenes zum Knabbern mit, etwas mit Salz, dann verträgt man den Wein besser, aber nur eine Kleinigkeit, das passende Menü bereite ich vor. Reinhold sagt, sonst gäbe das so ein kulinarisches Durcheinander, wenn jeder was bringt, und wo Reinhold recht hat, hat er recht. Ach, mein Süling, wenn ich den nicht hätte ..."

Noch eine ganze Weile lobt und rühmt Reinhilde ihren Reinhold, preist unter anderem in den höchsten Tönen seine Fähigkeit, stundenlang zuhören zu können, selbst bei den banalsten Kleinigkeiten, wenn andere Männer längst aus dem Zimmer geflohen oder eingeschlafen sind, zeigt er noch Interesse und Verständnis und, und, und …

Nach etwas mehr als einer Stunde legt Gerda auf.

„An Reinhold solltest du dir ruhig mal ein Beispiel nehmen!" „Ach, hat Reinhilde seine Heiligsprechung schon eingeleitet?", knurrt Karl-Heinz sarkastisch. Reinhilde belässt es bei einer drehenden Bewegung beider Hände, einen Würgegriff andeutend.

Mit besorgtem Stirnrunzeln begibt sie sich an ihren Kleiderschrank und schiebt zwei Dutzend Kleiderbügel hin und her und her und hin, ob sich noch ein in Frage kommendes Stück Garderobe für eine glückselige WEINnacht bei Sülings fände … „Karin und Reinhilde werden sich bestimmt in Schale schmeißen, womöglich etwas Neues kaufen … Reinhilde kann zehnmal sagen, es solle alles ganz zwanglos ablaufen – sie selber hat jedenfalls noch nie zweimal dasselbe Kleid oder denselben Hosenanzug angehabt. Wie lange Zeit habe ich noch bis zum 24sten? Vier Wochen? Das reicht noch für 8 Mal Sonnenstudio. Um den 15. herum muss ich einen Termin zum Haarefärben einholen, am 22. möglichst zur Kosmetikerin … ‚Stress is in the air', summt sie halblaut.

Karl-Heinz schreitet, einen riesigen Berg Altpapier auf dem Arm, feierlich singend an ihr vorbei: „Es kommt ein Schiff gelaaaden bis an sein' höchsten Bord …"

Er selber ist beladen mit Zeitungen und einem Stapel von Prospekten mit tausend weihnachtlichen Lockangeboten und balanciert sie durch die Küche mit der Absicht, sie in der Papiertonne zu entsorgen. Gerda kann gerade noch rechtzeitig einschreiten.

„Bist du wahnsinnig? Her mit den Prospekten und den Geschenkideen. Hast du vergessen, dass wir ein Geschenk für Sülings brauchen? Eines, das etwas hermacht, aber nicht mehr als 30 Euro pro Paar kosten soll?"

„Kauf ihnen Wein einer Sorte, der mir dann auch schmeckt", schlägt Karl-Heinz vor.

„Wie überaus einfallsreich und feinsinnig – wir werden zu einer Weinprobe eingeladen und bringen als Gastgeschenk Wein mit. Hast du noch weitere brillante Ideen auf Lager?" Karl-Heinz wedelt mit der rechten Hand und gestreckten Fingern ein paar Mal vor seinen Augen hin und her, womit er andeuten will, Gerdas Sicht der Dinge sei komplett durcheinander geraten. „Blödmann", entfährt es ihr neuerlich. Sie greift neben sich und wirft einen Topflappen nach ihm. Karl-Heinz duckt sich erfolgreich, lädt den Stapel Prospekte auf dem Küchentisch ab und schlendert pfeifend aus dem Zimmer.

Gerda beginnt zu blättern.

„Schenken ist eine Kunst" betitelt ein Hochglanzprospekt sein Hochglanzsortiment. „Wie recht ihr habt", seufzt Gerda.

„Lustig, spannend und billig – so macht Weihnachten Spaß. Einfach schon mal drauflos freuen!", verkünden die Großbuchstaben des nächsten Prospektes.

Und die vom Media-Markt wissen es wieder einmal am besten: „Weihnachten wird am Gabentisch entschieden".

„Unübertroffen geschmacklos", entscheidet Gerda. „So eine Frechheit – bei denen kaufe ich jetzt erst recht nichts.

„Geschenke müssen schon beim Einkaufen Freude machen!", findet eine Kaufhauskette und bietet haufenweise Elektronik an: Fernseher und funkgesteuerte Radiowecker und Laptops und CDs und CD-Player und DVDs und DVD-Player und, und, und …

Unter den angepriesenen Filmtiteln einer DVD-Kollektion sticht eine Flitterwochen-Komödie für schlappe 7,99 € ins Auge. Der sympathische Titel lautet: „Voll verheiratet". Die Thematik würde Reinhold und Reinhilde sicher gefallen, da die beiden doch nach eigenen Aussagen auch „voll verheiratet" und gleichzeitig immer noch in den Flitterwochen sind. Aber dann käme das mit dem Preis nicht hin … da fehlte ja dann noch etwas … und zwei DVD-Kassetten? Und wenn die überhaupt keinen DVD-Player haben?

In der folgenden, schlaflosen Nacht hat Gerda plötzlich eine Erleuchtung. Unmittelbar nach dem Frühstück wählt sie Karins Nummer.

„Du, ich glaube, ich habe die Lösung. Seit Tagen zerbreche ich mir den Kopf wegen des Geschenks für Sülings … wenn du wüsstest, wie oft ich schon durch die Stadt gelaufen bin. Für Reinhilde hätte ich hundert Ideen, aber für Reinhold … also auf Männer fällt mir absolut nichts ein … bis gestern. Hör zu! Reinhilde und Reinhold sammeln doch Engel, große, kleine, kostbare, kitschige, originelle, antike, moderne … Wie wär's, wenn jeder von uns einen Engel zur Bereicherung ihrer Sammlung mitbrächte?"

Stille am anderen Ende der Leitung.

„Bist du noch dran? Wie findest du meine Idee?", hakt Gerda nach.

Karin klingt unsicher. „Ja, ich weiß nicht … mir wäre das schon recht, aber was Jochen davon hält … ich glaube, Männer verschenken nicht so gerne Engel …"

„Aber eigene Ideen haben sie auch nicht … Gott, wenn doch erst alles vorbei wäre."

Man einigt sich schließlich resigniert, dass jedes Paar für sich ein Geschenk für ca. 30 Euro mitbringt. „Aber ihr müsst euch auch daran halten, sonst bringt ihr womöglich was Teureres mit, und wir stehen dann mit unserem billigeren Geschenk doof da. Ehrenwort und Kreuz in die Hand?"

„Ja, ja, Ehrenwort und Kreuz in die Hand!"

Dann geht alles ganz fix. Gerda findet in einer Geschenkboutique zwei kleine niedliche Engel mit weißwollenen Häkelröckchen und goldenen Spitzenschürzchen darüber, die als Eierwärmer zu benutzen sind und dem weihnachtlichen Frühstückstisch die besondere, festliche Note geben sollen. Ebenso einen handgroßen Engel aus Karton, mit protzigen Flügeln aus echten weißen Daunen. Der flache Körper ist mit einem grellgrünen Paillettenstoff beklebt. Zwei winzige, fleischfarbene Halbkugeln aus Pappe, in Brusthöhe aufgeklebt, beweisen, dass zumindest dieser Engel kein geschlechtsloses Wesen ist, was noch dadurch unterstrichen wird, dass am rechten Handgelenk unter dem bauschigen Ärmel ein keckes, winziges Handtäschchen baumelt. Natürlich übersteigt der Kauf den abgesprochenen Preis, aber der wird im Laden von einem engelähnlichen Wesen sowieso dezent entfernt.

„Sind die nicht zum Fressen süß?", fragt Gerda den Gatten in einem vielleicht etwas ungünstigen Moment.

„Wahnsinnig originell", kommentiert Karl-Heinz. „Engel als Eierwärmer und einer sogar als Nutte! Da werden die Hirten auf dem Felde aber geguckt haben!"

Gerda lässt sich nicht beirren. Behutsam packt sie die zwei Eierwärmer-Engel in blaues mit Engeln bedrucktes Geschenkpapier ein. Der Nutten-Engel bekommt eine rosa Klarsichtfolie umgelegt, die ebenfalls mit Engeln verziert ist. „So, jetzt kann der Heilige Abend kommen", seufzt sie erleichtert.

Wie schon seit Tagen bringt das Radio auch am 24.12. bereits zum Frühstück Weihnachtslieder. Der Tölzer Knabenchor und die Regensburger Domspatzen, die King's Singers und Boney M., alle beschwören Mary's Boychild und den Weihnachtsfrieden, dem auch Peter Alexander bzw. dessen unvermeidliches „Heidschibumbeidschi" mit seinem „Bumbum" nichts anhaben kann. In den Nachrichten werden von den 48 aktuellen Kriegen in aller Welt nur einige und die nur im Telegrammstil erwähnt, schließlich ist heute Heiliger Abend. Die Wettervorhersage kündigt, falls nicht doch noch ein Wunder geschieht, grüne Weihnacht an, und die Züge werden Verspätung haben.

„Das waren Zeiten, als die Bundesbahn noch zu Recht mit dem Slogan warb: Alle reden vom Wetter – wir nicht!", erinnert sich Karl-Heinz und stippt einen Spekulatius-Nikolaus in den Kaffee.

Gerda reagiert nicht. „Ist was?", fragt Karl-Heinz.

Sie zuckt mit den Schultern. „Seltsam. Erst hatte ich mich gefreut und war ganz erleichtert, als Sülings mit ihrem Vorschlag kamen, Weihnachten mal anders zu feiern, aber jetzt werde ich doch sentimental. Es hat sich alles so verändert ...

Wie hat man sich in der Kinderzeit auf Weihnachten gefreut! Gedichte fürs Christkind wurden freiwillig auswendig gelernt, Wunschzettel geschrieben, wie selbstverständlich ging man nachts an der Hand der Eltern in die Kirche ... Und als wir erwachsen waren ... erinnerst du dich noch an das erste Weihnachten? In unserer ersten Wohnung? Du hattest mir eine Nähmaschine gekauft, auf der ich jahrelang Gardinen und Tischdecken, Sofakissen und was weiß ich genäht habe, schließlich sogar Schlafanzüge und alle Klamotten für mich und die Kinder ... und ich hatte länger als ein ganzes Jahr gespart, um dir endlich eine gute Schreibmaschine kaufen zu können ... wir waren beide so überrascht und gerührt. Damals hat Schenken wirklich noch Spaß gemacht! Und dann die Mitternachtsmesse in dem Jahr, als wir Eva das erste Mal mitgenommen hatten. Der Küster ging vor Beginn des Gottesdienstes an den Bankreihen entlang und bot Textblätter mit Weihnachtsliedern an für die Leute, die kein Gebetbuch hatten, weil sie sonst nicht in die Kirchen gehen, und Eva rief plötzlich mit ihrer hellen Kinderstimme: „Ich will auch 'ne Speisekarte haben!" ... und die ganze vollbesetzte Kirche konnte sich das Lachen nicht verkneifen. Und als die Orgel anfing und alle „O du fröhliche" sangen … wie war das schön! Vergangen, vorüber, vorbei! Heute soll es statt einer besinnlichen Weihnacht eine glückselige WEINnacht geben!!!"

Karl-Heinz steht auf, drückt seiner Frau einen flüchtigen Kuss ins Haar, geht ins Wohnzimmer zum Klavier und intoniert „Schütt die Sorgen in ein Gläschen Wein, deinen Kummer tu auch mit hinein …", wobei er seiner Baritonstimme ein besonders schmalziges Timbre zu geben versucht. Gerda wischt sich ein Tränchen der Rührung aus den Augenwinkeln und muss wider Willen lachen. „Schon gut, schon gut!"

Mittags ein Anruf bei den Kindern. „Wir haben irgendwie doch ein schlechtes Gewissen, dass wir euch gerade zu Weihnachten alleine lassen … seid ihr wirklich nicht böse und findet nicht, wir seien ein egoistisches, liebloses Elternpaar?! Was habt ihr denn den Kleinen gesagt, warum Opa und Oma nicht kommen? Bestellt ihnen, dass sie ihre Geschenke auf jeden Fall am zweiten Weihnachtstag kriegen", usw., usw.

Nachmittags gibt's kurz vor der Abfahrt noch ein bedrohliches Donnerwetter, als es um Karl-Heinz' Garderobe geht. „Wieso kann man zu einer fröhlichen WEINnacht nicht in Cordhosen erscheinen?" „Männer!", zischt Gerda und fasst sich mit beiden Händen in verzweifelter Geste an den Kopf. „Darauf antworte ich nicht einmal … Zieh an, was du willst, ich gehe jedenfalls im kleinen Schwarzen. Frag Jochen, was der anzuziehen gedenkt …

vielleicht könnt ihr euch ja irgendwo zwischen Jogginganzug und Nadelstreifen einigen."

Zu Gerdas größtem Erstaunen geht Karl-Heinz tatsächlich zum Telefon. „Jochen, alter Knabe, was ist eigentlich heute für uns Männer klamottenmäßig angesagt? Ich dachte an Cordhose und Pullover, wenn wir schon so nonkonformistisch Weihnachten feiern ... Unmöglich? Tja, wenn den Damen denn sooo viel daran liegt ..." Kurzes, spöttisches Lachen. „Dann also bis nachher, fahrt gut."

„Nun?", fragt Gerda.

„So 'n Blödsinn ... schnieke! ... mit Krawatte!"

„Wusst' ich's doch!"

Gegen 18 Uhr kommen beide Paare fast gleichzeitig bei Sülings an. Man steigt aus, Bussi Bussi ... „Seid ihr nach Reinholds Anfahrtsskizze gefahren?" „Natürlich nicht, dann wären wir nämlich noch auf irgendwelchen Dorfstraßen unterwegs; aber sag lieber nichts ... war ja gut gemeint. Ich habe ihm auch nicht gesagt, dass wir längst einen Navi haben." Jochen balanciert ein riesiges weihnachtliches Gebinde aus dem Kofferraum mit rosa Amaryllis und rosa Rosen, Stechpalmen, Eukalyptus und allerhand Flitterkram, den die Floristen so kurz vor Weihnachten noch gerne loswerden wollen. Ein zarter Schleier aus goldener Gaze schwebt über dem Ganzen.

Gerda ist entrüstet. „Der Besen hat aber mehr als 30 Euro gekostet", stichelt sie. „Nur unwesentlich", versucht Karin die Freundin scheinheilig zu beruhigen. „Ehrenwort und Kreuz in die Hand!"

Zu viert stehen sie dann erwartungsvoll vor der mit Zweigen, Kugeln, Schleifen und Engelhaar festlich geschmückten Eingangstür von Sülings elegantem Eigenheim. Jochen betätigt mit dem Ellbogen den Klingelknopf. Sekundenlange Stille, dann eilige Schritte, es ertönt Musik ... schon wieder Peter Alexander:

„I riach an Wein schon kilometerweit, mei Naserl hat a Freid am Glaserl Wein. I kriag an Durscht, wann i ans Trinken denk ...“

Die Haustür öffnet sich, und im Glanze von ca. tausend Kerzen stehen Reinhold und Reinhilde lächelnd, Hand in Hand und wie für den Fotografen aufgebaut unter einem Mistelzweig, Reinhold im karierten Hemd, mit braungrüner Winzerschürze vor dem ballonförmigen Bauch, und Reinhilde im gestreiften Dirndl, das Mieder eng geschnürt und den solariumsgebräunten Busen vorteilhaft mit blendend weißer Spitze umspielt.

Neuerliches Bussi Bussi. Die überschwängliche Begrüßung dauert mindestens eine Viertelstunde. Man zieht die Mäntel aus und die feierliche Garderobe der Gäste kommt zum Vorschein.

Reinhold und Reinhilde staunen. „Gott, seid ihr elegant! Jochen sogar mit Lackschuhen! Wart ihr noch nie auf einer Weinprobe?!“

„Doch, aber noch nie am 24.12. Wir kommen nämlich aus einem altmodischen Kaff kurz hinter dem Mond, wo sich seit Menschengedenken am Hl. Abend auch Männer immer noch etwas feierlicher anziehen, als wenn sie zum Fässerschrubben in den Weinkeller steigen“, lässt Jochen sich vernehmen. Karl-Heinz knurrt grimmige Laute in Gerdas Richtung, aus denen so etwas wie „total overdressed" und „wenn man schon auf euch Weiber hört" zu entnehmen ist.

„Friede auf Erden", flötet Karin mahnend.

Man betritt das Esszimmer und ist in … Engelland. Engel, wohin das Auge schaut! Kunst und Krempel! Kostbar und kitschig! Keck und keusch schweben sie an den Wänden, an den Gardinen, baumeln von der Esstischlampe auf den weiß gedeckten Tisch, stehen als Salzstreuer und Kerzenleuchter mit kugelrund geöffneten Mündern lautlos singend neben den Tellern, auf der Anrichte, auf dem Sideboard. Ein Blick in das angrenzende Wohnzimmer deutet an, dass es drüben weitergeht – auf dem Fernseher stehen zwei Plüschkühe mit Engelsflügeln, auf dem Klavier eine Flasche in Engelform, daneben ein Wein-Cooler aus Neopren in Engelform, leicht erkennbar an einem niedlichen Paar Flügelstummeln, und auf den Armlehnen der Polstersessel lümmeln sich wohlgenährte nackte Putten mit wehenden Windeln um die fleischigen Lenden. Jedes Material scheint geeignet für himmlische Heerscharen: Es gibt geschnitzte Engel aus Holz, getöpferte aus Ton und Gips, hauchzarte Gebilde aus schimmerndem Glas, klobige aus Kinderknete, Pappe, Rupfen, elegante aus kunstvoll geflochtenem Maisstroh und kostbare Cherubim und Seraphim aus goldenem Brokat mit echter Brüsseler Spitze. Der Clou, besser gesagt: das Topmodell auf dem Couchtisch trägt ein Dirndl aus dem gleichen gestreiften Stoff wie die Hausherrin; sogar die Frisur aus weißem Engelhaar auf dem Wachsköpfchen ist Reinhildes blonder Haartracht nachempfunden.

Gerdas Hände, die das Gastgeschenk halten, beginnen zu zittern, hektische Flecken erscheinen an ihrem Hals. Karl-Heinz legt ihr den Arm um die Schultern. „Bestimmt haben sie noch keine Eierwärmer- und Nuttenengel", versucht er seine Frau zu trösten und bittet sie inständig, Haltung zu bewahren. Nachdem Jochens floristisches Kunstwerk in einer eimergroßen Kristallvase untergebracht und, begleitet von Reinhildes kleinen entzückten Schreien ekstatischer Begeisterung – „Aber das wär' doch nicht nötig gewesen!" – auf der Anrichte platziert worden ist, wofür ein siebenköpfiges Engelorchester auf die Seite rücken musste, traut Gerda sich, ihr Gastgeschenk ebenfalls zu überreichen.

„Es ist nichts Besonderes, wir wussten nur, dass ihr Engel sammelt ... aber nicht, dass ihr schon so viele habt ... ich kann sie wieder zurückgeben, überhaupt kein Problem ... mir ist nichts anderes eingefallen ... mit Büchern ist es ja auch so eine Sache ..."

„Was heißt ‚viele' Engel? Im Himmel gibt es noch viel mehr ... und schließlich wollten Reinhold und ich uns schon zu Lebzeiten den Himmel auf Erden bereiten – voilà! Und diese sind doch wahnsinnig süß, nein, was für eine witzige Idee, Engel als Eierwärmer, mal ganz was anderes ... und dieses kleine sexy Luder ... Reinhold, kuck doch mal, der winzige Busen ..."

„Den häng' ich mir als Schutzengel ins Auto, da haben die Hostessen beim Knöllchenverteilen was zum Lachen", sagt Reinhold, „vielen herzlichen Dank, und jetzt zu Tisch!"

Der Abend nimmt seinen Lauf. Erstmal einen Aperitif nehmen! „Mein Winzer hat dafür einen 98er Riesling empfohlen, säurebetont, aber schon sehr harmonisch. Süling, bringst du das Tablett mit den Gläsern?"

Man schaut zunächst noch ein bisschen herum, überwältigt von himmlischem Glanz.

Die vielen brennenden Kerzen in den Engelarmen haben den Raum auf schätzungsweise 25 Grad aufgeheizt, Karl-Heinz schiebt zwei Finger zwischen Hals und Hemdkragen und versucht, den Würgegriff der Krawatte zu lockern, Jochen sieht man an, dass die Lackschuhe ihm Qualen bereiten. Er tritt von einem Fuß auf den anderen und ist dankbar, als man sich endlich setzen darf. Man bestaunt höflich Reinholds fachmännischen Umgang mit den verschiedenen Gerätschaften. Aus der Tiefe seiner Schürzentasche fördert er ein handliches Gerät zutage, mit dem er zunächst die Aluhülle des Flaschenhalses entfernt. Dann kommt der Korkenzieher zum Einsatz. „Alessi", sagt er nebenbei. „Alles andere kann man vergessen." Mühelos gleitet der Korken aus der Flasche. Er wird umständlich beschnüffelt, für unverdächtig befunden und dann behutsam beiseite gelegt.

„Süling, wann kommt denn das Tablett mit den Gläsern?"

„Ich fliege, Süling."

„Mein Dummerle, das sind doch Aperitifgläser für klebrige Industrieaperitifs und nicht für einen kostbaren Riesling, hast du alles schon wieder vergessen?" Das „Dummerle" macht mit rotem Kopf kehrt und kommt mit einem anderen Tablett und anderen Gläsern wieder ins Zimmer. Diesmal scheinen es die richtigen zu sein. Im hohen Bogen lässt Reinhold etwas Wein in sein Glas fließen, fasst es am unteren Ende des langen Stieles, schwenkt es vorsichtig, die Flüssigkeit bildet einen kleinen Strudel, Reinholds Nase taucht mit kurzem flachen Schnüffeln mehrfach in das Glas, dann nimmt er einen kleinen Schluck, saugt den Wein ein, bewegt den Kiefer heftig kauend auf und ab und lässt die hellgelbe Flüssigkeit erst jetzt mit halboffenem Mund schlürfend durch die Kehle fließen, die Augen zum Himmel gewandt.

Ein zartes Lächeln erscheint auf seinen bis dato ernsten Zügen: „Er wird euch nicht enttäuschen." Reihum schenkt er die Gläser aus erstaunlicher Höhe etwa halbvoll ein.

„Das mit dem hohen Bogen muss sein, damit der Wein auf seinem Weg von der Flasche ins Glas Sauerstoff ziehen kann", erläutert Reinhilde mit halblauter, geheimnisvoller Stimme, um die Andacht der Handlung nicht zu stören. Reinhold sieht sie dankbar an.

Endlich haben alle ein Glas in der Hand. „Auf einen erbaulichen Abend unter uns alten Freunden", sagt Reinhold feierlich. „Mein Trinkspruch für heute lautet:

Der Nebel steigt, es fällt das Laub,
schenkt ein den Wein, den holden,
wir wollen uns den grauen Tag
vergolden, ja, vergolden."

Eine feierliche Stille tritt ein. Alle atmen erst die Blume ein, nehmen einen Schluck, beißen ihn vorschriftsmäßig und schlucken schlürfend. „Habt ihr das starke Johannisbeer- und Blätteraroma gerochen und geschmeckt? Letzteres macht das Bukett leicht adstringierend", erläutert Reinhold.

„Mm, lecker", lässt Karin sich mit bejahendem Nicken vernehmen. Des Hausherrn Miene deutet an, dass sie sich mit diesem Urteil als Weinbanausin geoutet hat, aber er schweigt höflich.

„Das war ein schöner Trinkspruch, du dichtest also immer noch?", fragt Gerda arglos. Reinhold zuckt irgendwie irritiert zusammen.

„Abgesehen davon, dass dieses Gedicht von Theodor Storm ist – woher weißt du, dass ich Gedichte schreibe?"

„Du hast doch damals schon in der Obersekunda immer so glühende Oden an Reinhilde verfasst, eine davon hab ich sogar aufbewahrt. Mein Gott, was haben wir Reinhilde beneidet! Besonders diese Zeile hab ich nie vergessen:

Dein Busen sich entgegenbäumt
dem scheuen Jüngling, der's erträumt,
des' sehnsuchtsvolles Auge tränt,
weil er sich so nach Reinhild sehnt."

„Schnee von vorgestern", zwitschert Reinhilde und versucht, Gerda mit dem Fuß zu stupsen. Unübersehbar hat sich ihr Gesicht mit flammender Röte überzogen. „Auf eine fröhliche WEINnacht!" Hastig nimmt sie zwei weitere große Schlucke. „Prost, mein Süling." Sie hält ihm ihr

Glas hin, aber sein Lächeln ist erstarrt.

„Reinhilde, hast du damals etwa meine Gedichte an dich dem Entertainment deiner albernen Klassenkameradinnen preisgegeben?"

„Nur eines, Süling, weil ich so stolz war … mein Gott, es ist mehr als vierzig Jahre her … oh, ich muss in die Küche, da brennt was an, fürchte ich."

„Fürchte du lieber meinen Zorn", ruft Reinhold ihr nach.

Er ringt mühsam um Fassung. „Welch ein unverzeihlicher Vertrauensbruch … wusstet ihr davon?", fragt er die Männer. Sie schütteln verneinend den Kopf und heucheln Mitgefühl, bis Jochen grinsend kommentiert: „Ja, ja, irgendwann holen die Sünden der Vergangenheit jeden ein."

„Für mich hat nie jemand jemals ein Gedicht geschrieben", versucht Karin die Situation zu retten. „Für mich auch nicht", gesteht Gerda. „Du bekommst zu deinem 70. Geburtstag ein richtig schönes Gedicht von mir", tröstet Karl-Heinz. „Für die gesamte Öffentlichkeit in der Zeitung nachzulesen.

‚Hast geschuftet und geackert,
dich für uns nur abgerackert,
hast gebacken und gebrutzelt,
bist noch lange nicht verhutzelt …‘

Lauter so nette Sachen werde ich mir ausdenken … und als Nachruf lasse ich mir noch was viel Schöneres einfallen … darauf kannst du dich jetzt schon freuen."

Gerda lächelt gequält.

Jochen ändert das Thema. „So, dann können wir ja jetzt

von Krankheiten reden, wer fängt an? Zu hohen Blutdruck, Kreislaufbeschwerden, dramatische Cholesterinwerte, Schaufensterbeine, Tinitus, wer bietet mehr?"

Ehe man sich diesem ergiebigen Thema ausführlich nähern kann, kommt Reinhilde mit der Vorspeise. Sie stellt die hübsch dekorierten Teller auf die dafür vorgesehenen Platzteller und bittet zu Tisch.

„Geräucherter Wildlachs mit Meerrettichsahne und Avocadotatar* an Salatbukett. Für den Wein sorgt wieder der Sommelier Reinhold." Reinhold scheint zwar noch immer verstimmt, stellt jedoch wortlos eine weitere Flasche eines goldprämierten Ahrweines im kostbaren Cooler, ebenfalls aus Neopren in Engelform, aber zur Abwechslung mit weit gespannten Flügeln, auf den Tisch.

„Ein 96er Pfarrwingert, ein kraftvoller, eleganter Weißwein zu Vorspeisen aus fruits de mer, vollkommen ausgereift und dennoch mehrere Jahre lagerfähig, und …", nachdem er ihn nach vorangegangenem Zeremoniell verkostet hat, „… und mit mittlerem Abgang. Reinhilde, ich vermisse die frischen Gläser, die mit dem sich nach oben verjüngenden Kelch." Reinhilde flitzt unter tausend Entschuldigungen an die Gläservitrine im Wohnzimmer.

Der 96er Pfarrwingert wird verkostet. „Messweine sollen ja die besten Weine überhaupt sein, deswegen hatte früher fast jeder Pfarrer seinen eigenen Weinberg – sprich Wingert – besonders für die Frühmesse galt das Motto:

* siehe dazu den Anhang mit Rezepten ab S. 201

Der erste Bissen soll ein guter Schluck sein", lässt Reinhilde die Freunde an ihrem Fachwissen teilhaben.

„Mm, lecker, der Wein ist ja noch leckerer", lobt Karin und stapelt genüsslich geräucherten Wildlachs und Avocadotatar auf ihre Gabel. Auch die Köchin darf Komplimente entgegennehmen, ehe sie wieder in die Küche enteilt.

„Können wir was helfen?" „Nein danke, noch ist alles im grünen Bereich."

Zum Hauptgang, Ragout vom Eifel-Hirsch* mit Spätzle und Burgunderkraut, trägt Reinhold einen der berühmten Ahr-Rotweine herein. Er hält ihn vorsichtig in Schräglage im Arm wie einen schlafenden Säugling, auf dass er ja nicht vorzeitig wachgerüttelt werde.

„Mit dem ‚Marienthaler Klostergarten' wird bewiesen, dass auch die Nonnen in den Klöstern einem edlen Tropfen nicht abgeneigt waren. Dieser hier wird im Weinatlas gepriesen als ‚feinnervig und dennoch körperreich, leicht lactisch im Aroma, fast cremig vegetal' – und ich möchte noch hinzufügen: mit nachhaltigem Abgang trotz reicher Botrytis cinera."

„Botrytis?", fragt Karin.

„Ja, das ist eine Art erwünschte Edelfäule an der Beere, die dem Wein eine besonders ausgeprägte Note verleiht", belehrt Reinhold.

„Was du alles weißt!", staunt Karin.

Der Hauptgang wird aufgetragen, hervorragend! Und

* *siehe dazu den Anhang mit Rezepten ab S. 201*

erst die hausgemachten Spätzle! Reinhold entkorkt mit ernster Miene den „schlafenden Säugling" und schenkt ein; zwei weitere Flaschen stehen, zum Atmen geöffnet, bereit.

Reinhilde legt eine CD ein. „Heute machen wir mal einen auf Nostalgie, Rheinlieder mit einem gewissen Willi Schneider … hat Reinhold auf dem Flohmarkt gefunden … vom Ahrwein gibt's angeblich keine Songs."

„Aber ein Sprichwort", unterbricht Karl-Heinz und beginnt zu zitieren:

„Wer schon mal an der Ahr war und weiß, dass er da war, der war noch nicht an der Ahr. Wer aber an der Ahr war und nicht mehr weiß, dass er da war, der war schon mal an der Ahr."

„So gesehen, war mein Süling schon x Mal an der Ahr", murmelt Reinhilde. „Wie meinst du das?", fragt Reinhold mit gewittrigem Unterton. Aber Willi Schneiders strahlende Stimme enthebt Reinhilde einer Antwort.

„In jeedem vollen Glahase Wein seh unten auf dem Gruund
ich deine hellen Äugelelein, ich deine hellen Äugelein,
und deinen rooten Muund."

Karin wendet sich an Jochen und fragt kokett: „Und was siehst du in jedem vollen Glase Wein?" Jochen hat soeben sein viertes Glas in einem Zuge geleert; er lässt es erneut füllen und schaut dann hinein. „Na?", will Karin wissen.

Jochen reagiert schon deutlich zeitverzögert. Dann bemüht er sich um ein charmantes Lächeln und sieht seine

Eheliebste treuherzig an. „Ich seh lieber live in deine hellen Äugelein … Schätzchen, was hast du für 'ne schööööne … Wimperntusche."

„Armleuchter!"

Jochen wendet sich an Reinhold. „Tja, so reagieren sie. Da will man mal besonders aufmerksam sein und schon kriegt man eins übergebraten. Deine Frau hat doch bestimmt noch nie ‚Armleuchter' zu dir gesagt, was?", fragt er stockend.

„Nicht dass ich mich erinnern könnte … oder, Süling?"

„Laut nicht … aber in Gedanken schon tausendmal."

„Waaas?" Aus fünf Mündern gleichzeitig kommt der überraschte Ausruf. Reinhilde, die Milde, nennt ihren Süling insgeheim manchmal „Armleuchter"? Nicht zu fassen!

„Bei welcher Gelegenheit denn zum Beispiel?", fragt Reinhold verblüfft, aber mit verständlichem Interesse. Reinhilde setzt ihr Glas an und kippt den Inhalt in einem Satz hinunter. „Damit wollen wir unsere Gäste jetzt nicht langweilen, die sollen ruhig weiterhin denken, wir hätten noch immer den Himmel auf Erden. Und jetzt kommt der Nachtisch."

Gerda und Karin, eine Sensation witternd, springen auf. „Wir helfen dir." Gemeinsam sammeln sie das Geschirr ein und bringen es in die Küche. Reinhildes Gang ist ein wenig wiegend, um nicht zu sagen wankend, was man aber nur bei sehr genauem Hinsehen feststellt. Eifrig werden die Teller und Schüsseln in den Geschirrspüler geräumt, Reinhilde jedoch scheint nicht auskunftsfreudig.

Schweigend holt sie den Nachtisch aus dem Kühlschrank: Mousse aux framboises*, mit Minzeblättchen hübsch verziert.

Großes, anerkennendes Ah und Oh der Gäste, nur Reinhold schweigt. Er probiert das Dessert und legt den Löffel zur Seite.

„Ich kann mich erinnern, dass wir uns als Nachtisch auf Mousse aux noisettes* geeinigt hatten und nicht auf dieses Gemansche."

„Aber es ist unübertrefflich gut", versichern die Gäste lebhaft.

Reinhold ist pikiert. „Wenn schon, dazu kann ich euch nicht den Wein servieren, den ich extra vor zwei Stunden dekantiert habe."

Reinhilde reagiert überraschend. „Framboises oder Noisettes, ist doch Jacke wie Hose ... her mit dem Wein, das wollen wir doch mal sehen, ob man den dazu trinken kann oder nicht." Sie fasst die Karaffe brutal am Hals und will sich eben einschenken, da fährt Reinhold dazwischen. „Dieser Wein, eine 96er Spätlese, verdient die passenden Gläser. Reinhilde, wo sind die Dessertweingläser?"

„Da, wo sie seit unserer Hochzeit stehen – in der Vitrine."

Reinhold sieht ungläubig zu, wie sein Süling sich entspannt hinsetzt und wartet, anstatt die Gläser zu appor-

* siehe dazu den Anhang mit Rezepten ab S. 201

tieren. Er wirft ihr einen strafenden Blick zu und ent-
schließt sich endlich, noch immer zögernd, sie selber zu
holen. Jochen fragt höflich, ob es in diesem Hause statt
dauernd nur Wein auch Bier gebe. „Kistenweise", antwortet Reinhilde.

„Und vielleicht auch einen Fernet oder so was?"

„Literweise … Reinhold, bring ein Bierglas und ein
Schnapsglas für Jochen mit." „Für mich auch", ruft Karl-
Heinz hinterher.

Reinhold redet halblaut mit sich selbst, wobei nur das
Wort „Banausen" deutlich zu verstehen ist und „keine
Ahnung von Trinkkultur", bringt aber artig die richtigen
Gläser an den Tisch.

Karl-Heinz und Jochen loben das kühle Bier.

Die anderen stoßen erneut an, kauen den Wein, schlürfen ihn, was bei Reinhilde fast unanständig laut und demonstrativ geschieht. Gekicher rundherum, außer aus
Reinholds Richtung.

„Das ist ja der allerleckerste Wein, boah, is' der lecker",
begeistert sich Karin. Doch damit hat sie die Grenzen
von Reinholds Frustrationstoleranz endgültig erreicht.

„Meine liebe Karin, nur ungern kritisiere ich deinen
Wortschatz, aber diesen und die anderen Weine mit ‚lecker' zu bezeichnen, ist eine Beleidigung für den Winzer. Wein kann süffig, vollmundig oder spritzig sein, von
mir aus auch charaktervoll, körperreich, rustikal oder von
großer Komplexität, aber nie LECKER. Lecker waren
die Vorspeise und Reinhildes Hirschragout – den Nachtisch wollen wir lieber nicht mehr erwähnen – aber mei-

ne kostbaren Ahrweine, von denen ihr Biertrinker jetzt schon acht Flaschen offenbar gedankenlos in euch hineingeschüttet habt, sind nicht LECKER."

„Find ich aber wohl", meint Karin trotzig.

Reinhilde setzt ihr Glas erneut an die Lippen, sieht den Gatten lange und eindringlich an und gesteht: „Seht ihr, in solchen Augenblicken nenne ich ihn in Gedanken Armleuchter."

Die Gäste quietschen vor Vergnügen. Jochen fängt an zu singen: „*So ein Tag, so wunderschön wie heute, so ein Tag, der dürfte nie vergeh'n.*" Sofort unterstützt Karl-Heinz den einsamen Sänger, auch Gerda und Karin stimmen ein, den Schluss singt sogar Reinhold mit, wenn auch nicht ganz überzeugt.

Reinhilde aber sieht wortlos von einer Freundin zur anderen. Im Schein der hundert Kerzen glänzen ihre Augen wässerig, ihre Unterlippe zittert verdächtig. Als das Lied verklungen ist, sagt sie mit heiserer, wehmütiger Stimme: „Kennt ihr noch das einzige englische Weihnachtslied, das wir in der Schule gelernt haben?" Und sie beginnt mit nicht mehr ganz sicherer, aber doch anrührender Stimme zu singen:

„*While shepherds watched their flocks by night all seated on the ground, the angels of the Lord came down and glory shone around.*

Die zweite Strophe hab ich vergessen ..."

Stille.

Nachdenkliches Schweigen lähmt die eben noch so fröhliche Tischrunde. Auch Karins Augen füllen sich mit Tränen. Sie sucht mit fahrigen Bewegungen in ihrer Kostümjacke nach einem Taschentuch. Als sie keines findet, schnäuzt sie sich, verlegen lächelnd, in eine mit Engeln bestickte Serviette, um sich anschließend die Augen trocken zu tupfen. Jochen greift nach ihrer Hand, bedeutet aber mit Schulterzucken und glasigem Blick, dass er ebenso ratlos ist wie die anderen Männer. Gerda stippt mit dem Zeigefinger Brotkrümel von der Tischdecke und bröselt sie auf den Teppich. Dann teilt sie den Freunden mit brüchiger Stimme mit, dass sich das damals, in jenen glücklichen Tagen der Kindheit, keiner hätte träumen lassen, dass man einmal aus lauter Überdruss an Weihnachten stattdessen eine WEINnacht mit abartigen Liedern feiern würde. Karl-Heinz unterdrückt dezent einen Rülpser und schweigt wie versteinert.

Plötzliches heftiges Geschepper und Klirren von Glas und Metall. Reinhold hat den Alessi-Flaschenöffner – alles andere kann man vergessen! – zornentbrannt auf den Tisch geschmissen.

„Reinhilde, nicht schon wieder, nicht heute! Dieses Weib ist ein Partykiller! Jedes Mal ist die ein Partykiller. Wir singen hier glücklich von einem schönen Tag, der nie vergehen möge, und da kommst du mit deinem sentimentalen Kinderkram und versaust die Stimmung. Ich werde noch wahnsinnig, es reicht! Nie wieder werde ich dir auch nur einen Schluck meiner kostbaren Weine abgeben! Auf diese Frau hab ich mal Gedichte gemacht! Ich fasse es nicht. Das werde ich dir nie verzeihen …"

Innerhalb von zwei Minuten bekommt der Begriff

WEINnacht eine völlig neue Bedeutung. Reinhilde weint die sprichwörtlichen Krokodilstränen in nicht enden wollenden Strömen. Gerda und Karin weinen aus Freundschaft noch eine Weile mit, doch dann versiegt deren Tränenfluss rasch. Sprach- und fassungslos hören sie zu, wie Reinhold und Reinhilde sich fetzen und die Anwesenheit der Freunde gar nicht mehr wahrnehmen. Es geht ans Eingemachte im Sinne von „in vino veritas".

Am lautesten ist Reinhildes schluchzende Stimme zu vernehmen.

„Du und deine ewige Besserwisserei ... immer musst du andere belehren ... Du Armleuchter hoch drei! Du unterstehst dich, mir eine Szene zu machen für etwas, was vor 40 Jahren passiert ist. In Worten: Vierzig! Und jetzt hast du nicht mal ein Taschentuch für mich! Du mit deiner Quatsch-Idee von der fröhlichen WEINnacht, bloß wegen eines Wortspiels ... Originell sein um jeden Preis! Immer so tun als ob ... und deine blödsinnige Sauferei! Das dürfen unsere Freunde ruhig wissen, dass wir getrennte Schlafzimmer haben, das hält ja die größte Liebe nicht aus, dein infernalisches Schnarchen nach deinem allabendlichen Weinkonsum ..."

Reinhold ist nach einigen vergeblichen Versuchen, sich zu rechtfertigen, resigniert verstummt.

Jochen versucht, für den Freund Partei zu ergreifen. Lehrerhaft hebt er den rechten Zeigefinger, sucht Halt an der Tischkante und beginnt zu dozieren. „Wie heißt es so schön: Wer nicht liebt Weib, Wein und Gesang, der bleibt ein Narr sein Leben lang ... Liebe Reinhilde, du willst doch sicher keinen Narren zum Ehemann haben."

„Halt die Klappe", giftet Reinhilde.

Jochen lässt sich nicht beirren. „Versündige dich nicht. Selbst Jesus hat einen guten Tropfen Wein zu schätzen gewusst und in Kanaan ein Wunder gewirkt, damit er keinen schlechten trinken musste … das steht sogar in der Bibel."

„Jesus konnte Wein trinken, so viel er wollte, der war nicht verheiratet und hat niemand mit seiner Schnarcherei belästigt." Reinhilde weint in ihre ebenfalls mit Engeln bestickte Serviette. Reinhold sitzt zusammengesunken auf einem der Polsterstühle, hält eine der nackten Putten im Arm und erklärt ihr geduldig den häuslichen Unfrieden: „Meine Gattin, die Reinhilde, ist heut' überhaupt nicht milde."

Jochen wendet sich schwankend zu Karin. „Die müssen sich jetzt aussprechen, die brauchen das jetzt", sagt er ernst und verständnisvoll. „Ich hol' schon mal das Bettzeug aus dem Auto." Auch Karl-Heinz gibt Gerda ein Zeichen, dass man sich nun wohl besser verdrücken sollte. Karin will noch den Tisch abräumen und in der Küche etwas Ordnung schaffen, während Gerda alle Kerzen auspustet und die leeren Flaschen einsammelt.

„Ich versteh die Welt nicht mehr. Die brauchen acht Flaschen Spitzen-Wein für einen ordentlichen Ehekrach … Karl-Heinz und ich schaffen das mit einer einzigen Kanne zu dünn geratenem Kaffee", murmelt Gerda.

„Solche ‚Szenen einer Ehe' sind nach fünfunddreißig Jahren doch völlig normal", gibt Karin mit schwerer Zunge zu bedenken. „Das habe ich in einer wissenschaftlichen Abhandlung in einem Blättchen beim Friseur gelesen. Aber das passt natürlich nicht in Sülings Welt ... die mit ihrem Anspruch auf ewigen Frühling. Du kannst mir sagen, was du willst, aber früher war irgendwie alles besser, da wurden die Leute gar nicht alt genug für solche Kräche, die waren ja mit sechzig schon tot, und nur deswegen spricht man heute von der guten alten Zeit."

Jochen sieht sie glasig an und lallt zurück: „Diese deine Art der Beweisführung würde ich normalerweise nicht akzeptieren, aber für heute lassen wir das mal un-un-unwidersprochen im Raum stehen. Ich bin zu kaputt."

Im Zimmer nebenan singt unermüdlich Willi Schneider:
„Ich hab den Vater Rhein in seinem Bett geseh'n,
ja der hat's wunderschön, der braucht nicht aufzusteh'n ..."

„Ich möchte's auch so wunderschön haben wie Vater Rhein und im Bett liegen", murmelt Karl-Heinz.

Karin und Gerda, kichernd wie junge Mädchen, nehmen ihre Männer fest in den Griff und steuern sie nach oben in die zugeteilten Unterkünfte. Mit ungeheurem Gepolter und Seufzern der Erleichterung lässt Jochen seine Lackschuhe zu Boden fallen und beginnt ebenfalls zu singen.
„Kommet ihr Freunde, ihr Männer und Frau'n.
Kommet die herrlichen Betten zu schau'n.
Nun soll es werden Frieden auf Erden,
den Menschen allen ein Wohlgefallen ..."

Mitten im Takt wird seine Stimme von einem sanften Schnarchen abgelöst.

„Jedem, der's glaubt", singt Karin das Lied zu Ende und deckt den Gatten zärtlich zu.

In den Kinderzimmern tritt minutenschnell Ruhe ein. Gerda hört noch, schon im Halbschlaf, wie nach einer Weile die Gastgeber möglichst leise in ihre Zimmer zu schleichen versuchen, was Reinhilde besser gelingt. Reinhold, offenbar schon wieder von der Muse der Dichtkunst beflügelt, ist in ein lautes Selbstgespräch vertieft.

„Gar schmerzlich ist's, wenn man erfährt,
man hat eine Schlange am Busen genährt.
Als froh die Weihnachtsglocke läutet,
hat meine Schlange sich gehäutet."

Am anderen Morgen, dem ersten Weihnachtstag, trifft man sich zum späten Frühstück. Wohn- und Esszimmer sind tadellos aufgeräumt, die Kerzenständer-Engel sind mit frischen Kerzen bestückt, Weihnachtslieder erklingen aus dem Radio, der Tisch ist überreich gedeckt. Die beiden Eierwärmer-Engel kommen erstmalig zum sinnvollen Einsatz, und der Nuttenengel lehnt mit lüsternem Blick an der Landleberwurst, mitten auf der Aufschnittplatte.

Reinhold und Reinhilde sehen etwas übernächtigt aus, als sie Hand in Hand ihre Gäste begrüßen. „Was war eigentlich gestern Abend los? Wer hat das Geschirr in die Küche gebracht und die leeren Flaschen in den Keller?"

Gerda und Karl-Heinz grinsen. „Das müssen eure tausend Engel gewesen sein." Und Karin fügt eifrig hinzu: „Und ihr hattet nach fünfunddreißig Jahren offensichtlich euren ersten Ehekrach, einen Mega-Ehekrach mit Mega-Reinigungswirkung, so wie's aussieht ... und über Nacht ist ein Weihnachtswunder geschehen: So schnell hat das jedenfalls bis heute noch in keinem Krisengebiet der Erde geklappt mit der Wiederherstellung des Friedens."

Reinhold gibt sich zerknirscht. „Mein Süling hat ganz recht, wenn sie mich einen Armleuchter nennt ... das mit der WEINnacht war eine Schnapsidee ... müsst ihr schon nach Hause oder können wir heute zusammen noch richtig schön Weihnachten feiern?"

Sie konnten, der Vorschlag wurde begeistert angenommen. Wie und in welcher Form sie feierten – das möchte ich wieder Ihrem schon zu Anfang geforderten Vorstellungsvermögen überlassen – vielleicht so, wie Sie Weihnachten feiern?

Lisbeths Feiertage

Weihnachten hier und annerswo

Hallo Änne, hier is Lisbeth … Gott sei Dank, unser Patrick is wieder da … rechtzeitig zu Weihnachten. Wat sind wir alle froh! Nämlich auch wenn man diese pubertierenden Bönsels manchmal anne Wand knallen möchte und man sich freut, dat man se nich ständig umme Füße hat — zuletzt hat er uns doch gefehlt. Ein ganzes Jahr kann so lang sein …

Wie bitte? Der war doch zum Schüleraustausch in Amerika für Englisch zu lernen und dat er 'n Einblick kricht in den angeblich so erstrebenswerten way of life oder wie dat heißt. Ob dat wat gebracht hat, muss sich erst noch rausstellen. Jedenfalls hatte Kathrina gestern de ganze Familie eingeladen zu ne Art Wiedersehensfeier und es gab Patrick sein Leibgericht: Rouladen* mit Salzkartoffeln und Rotkohl und zum Nachtisch Schokoladenpudding mit Vanillesoße.

„Endlich wieder 'n gutes typisch deutsches Mittagessen",

* *siehe dazu den Anhang mit Rezepten ab S. 201*

sagte Patrick und haute rein, wie wenn er 'n Jahr lang am Hungertuch genagt hätte. Dabei is dat Gegenteil der Fall. Wat weiß ich, wat die da in Amerika immer essen, aber Patrick is ausnander gegangen wie 'n Hefekloß ... der hat richtig Speck angesetzt.

„Der Speck muss wieder weg", sagt Kathrina – aber vor allem müssen seine neuen Tischmanieren wieder weg. Wat er sich da angewöhnt hat ... man mag gar nich hinkucken.

Wie bitte? Natürlich essen de Amerikaner auch mit Messer und Gabel, aber angeblich nur zu Anfang vonne Mahlzeit. Änne, wir sind dat doch so gewohnt: Dat Messer hält man mitte rechte Hand und de Gabel mitte linke – außer man is Linkshänder, dann natürlich umgekehrt. Und dann schneidet man sich 'n Stücksken z. B. vonne Roulade ab und isst dat abwechselnd mit Gemüse und Kartoffeln mit Soße – wobei dat natürlich am besten schmeckt, wenn man de Kartöffelkes mitte Gabel zerdrückt, tüchtig mit Soße vermanscht und dann ... boah, mir läuft de Spucke im Mund zusammen! Kartoffeln zermanschen darf man natürlich nur bei sich zu Hause und nich inne Gaststätte, weil dat verstößt gegen de Tischmanieren nach Freiherr von Knigge.

Und nun hat unsern Patrick sich amerikanische Tischmanieren abgekuckt ... Wie dat geht? Patrick sagt, erst letztens bei Thanksgiving hätte er dat genau beobachtet ... Thanksgiving? Is am 4. Dezember und dat is bei de Amerikaner so ne Art Weihnachten, wo dat auch Geschenke gibt und wo traditionell ein Truthahn auffen

Tisch kommt ... bei uns gibt's auf Heiligabend ja meistens Kartoffelsalat mit Würstchen oder Gänsebraten. Jedes Land auf de Welt hat da natürlich andere Sitten ... und eben auch andere Tischmanieren.

De Amerikaner z. B. schneiden alles, wat se sich auf 'n Teller gepackt ham, in mündkesmaöte* Stückskes, dann legt man dat Messer orntlich neben den Teller und de freie Hand verschwindet unterm Tisch, hängt seitlich runter oder liegt irgenswie auf 'm Schoß – und mitte Gabel schaufelt man sich dat Kleingeschnittene nacheinander rein! Patrick sagt, sogar im weißen Haus essen se so – mit eine Hand unterm Tisch ... dat wär bei uns doch unmöglich! Aber dat hätte bei de Amerikaner ein'n historischen Hintergrund: De Cowboys hatten immer ne schussbereite Waffe bei sich, die se beim Essen natürlich nich zeigten. Aber für den Fall, dat plötzlich durch ein'n feindlichen Reiter ne Unterbrechung vonne Mahlzeit drohte, dann war dat natürlich überlebenswichtig, dat se eine Hand frei hatten ... piffpaff! Von da kommen de Amerikaner ihre heutigen Tischmanieren mit eine Hand unterm Tisch weg, sagt Patrick. Wir sollten mal genau drauf achten, wenn se nächstens im Fernsehen wieder 'n Western bringen. Änne, wat soll man davon halten? Andere Länder, andere Sitten ...

Von Tischmanieren und Weihnachtsbräuche hatten se's übrigens letztens auch bei unserm Weihnachtsessen vom Kegelclub. Müllers Nelli war am besten informiert, aber

* *mundgerecht*

die erzählt ja sowieso immer viel, wenn der Tag lang is.

In England jedenfalls äßen se Weihnachten traditionell immer Roastbeef mit Yorkshirepudding. Mit amerikanisches Essen und erst recht mit amerikanische Tischmanieren muss man de Engländer natürlich nich kommen. Die legen – jedenfalls inne besseren Kreise – gesteigerten Wert auf englische Tischmanieren. Wenne in England inne besseren Kreise keine englischen Tischmanieren hast, kannste ne berufliche Karriere knicken, sagt Müllers Nelli.

Ich frag mich allerdings, wo ausgerechnet Nelli diese Art Wissen her hat ... die war unter Garantie noch nie in England, bestenfalls mit'm Finger auf ihr'm neuen Navi ... und erst recht war se noch nie in bessere Kreise. Wahrscheinlich musste se beim Frisör wieder lange warten und da hat se in einem vonne bunten Blättkes eine – ihre Meinung nach – wissenschaftliche Abhandlung über „Weihnachten annerswo" gelesen.

Egal ob dat stimmt oder nich – Nelli sagt, der Engländer hält de Gabel angeblich grundsätzlich verkehrt rum, also mitte gebogenen Zinken nach unten – und gerade Weihnachten, wenn dat zu Roastbeef und Yorkshirepudding als Gemüsebeilage Erbsen gibt. In England wär manierlich Erbsenessen sozusagen de Königsdisziplin und de Eintrittskarte für inne besseren Kreise. Also: Zwei oder drei Erbsen darf man aufspießen und vleicht noch zwei oder drei oben drüber auffe Gabel packen, wohlgemerkt, auffe Rückseite vonne Gabel! ... dat sind bestenfalls sechs Erbsen ... wenne mehr als acht Erbsen schaffst, kannste Premierminister werden. Es dürfen aber immer nur so viele auffe Gabel, dat se dir nich runterkullern. Wenn dir in England auch nur eine Erbse vonne Gabel kullert und der Gastgeber sieht dat, biste unten durch. Und den Suppenlöffel führt man quer zum Munde, dat wär de feine englische Art, und dezent schlürfen is gestattet, aber nich auffen Löffel pusten, dat de Suppe abkühlt – unmöglich! Dat hab ich letztens übrigens selber im Fernsehen gesehen, als de Queen 85 wurde … die hat de Suppe auch mittem Löffel quer gegessen und natürlich nich gepustet, aber bis bei der ihr'm Geburtstag alle 250 Gäste ihren Teller vor sich stehen hatten, soll de Suppe wohl auch gar nich mehr heiß gewesen sein.

In Italien, sagt Nelli, gibt's Weihnachten nix besonderes zu essen, aber de Italiener feiern Weihnachten praktisch den ganzen Monat Dezember. Am 6. Dezember fängts mit Nikolaus an, dann geht's am 13. mit Santa Lucia weiter, am 25. Dezember früh morgens ham italienische Kinder ihre Geschenke vor de Schlafzimmertür liegen und am 6. Januar kommt nachts ne Art Fee oder ne nette Hexe mit Namen Befana durch'n Kamin geflitzt und bringt noch einmal Geschenke. Ob die in Italien auch 'n Tannenbaum und Adventskranz ham, dat wusste Nelli natürlich nich, dabei wär dat doch besonders intressant. Aber woher soll se's auch wissen? Die bezieht doch ihre ganze Bildung ausse bunten Blättkes … und wenn da über'n Tannenbaum und über italienisches Weihnachtsessen nix drin steht, dann ...

Und in Frankreich is – soviel ich weiß – für Geschenke der sogenannte Père Noël zuständig, aber de Hauptsache is ein Wahnsinnsfestessen mit Champagner und Gänsestopfleber, obwohl Gänse stopfen schon lange verboten ist. Keine Ahnung, wat nun stimmt … müsste man vleicht mal googeln. Nelli wusste nur, dat se in Frankreich zu jedem Essen weißes Brot auf'n Tisch stellen, damit man sich 'n Stück abbrechen und noch dat letzte Fitzelchen Tunke damit aufwischen kann. Bei denen stört sich da auch keiner dran, dat anschließend der Tisch mit die ganzen Brotkrümel aussieht wie … weiß ich auch nich, aber so dürfte 'n Esstisch bei uns nich aussehen.

In Arabien? Änne, du fragst mir Löcher in'n Bauch. Weihnachten in Arabien? Die feiern doch wahrscheinlich gar kein Weihnachten, weil da ham de meisten Leute ja 'ne andere Relijon, wo der Weihnachtsmann oder vor allem dat Christkind und Maria und Josef gar nich drin vorkommen. Deswegen soll dat da wohl auch kein besonderes Weihnachtsessen geben.

In Japan, sagt Nelli, wenn man da zu ei'm Weihnachtsessen eingeladen wird, dann is dat natürlich ne große Ehre, aber für Europäer ne schreckliche Quälerei. Nich nur wat dat Essen betrifft, Sushi und rohen Fisch und wat nich alles. Vor allem ham die keine normalen Stühle wie wir, nein, die knien vor'n Esstisch und sitzen praktisch auf ihre Waden. Außerdem wär dat hochgradig unhöflich, sich vor eine Einladung zum Essen mit Parfüm einzusprühen – oder de Herren mit Rasierwasser –, weil dadurch der Geruch vonne japanischen Speisen und Getränke beeinträchtigt wird. Gut, dat is ja noch wohl nachvollziehbar.

Aber dat in China – sogar in noble Speiselokale – Spuck-
näpfe inne Ecken stehen … igitt! Und da gäbs auch gerade zu Weihnachten Sachen zu essen, wo man sich als
Europäer bestimmt nich de Finger nach leckt: gekochte
Hühnerfüße z. B. Aber es soll eine tödliche Kränkung für
de Gastgeberin sein, wenn man irgenswat nich mag und
einfach stehen lässt. Und in Korea wär schmatzen und
mit offenem Mund essen erlaubt …

Änne, wenn dat alles stimmt, wo Müllers Nelli sich
wichtig mit gemacht hat – dann muss unsern Patrick
noch ne Menge lernen, wenn er eines Tages inne Welt
nich dumm dastehn will … Nich auszudenken, wenn wir
sowat noch alles im Kopp ham müssten … Und erst die
ganzen fremdsprachigen Sprüche zu Weihnachten: Merry
Christmas geht ja noch, dat hört man auch oft genug im
Fernsehen, aber wat man inne Weihnachtszeit in Frankreich oder in Italien oder wat weiß ich wo sagt … Keine
Ahnung! Gut, dat wir nich noch Karriere machen und
inne Weltgeschichte rumreisen müssen … bei uns sagt
man „Fröhliche Weihnachten" und dat möglichst schon
ab Ende Oktober, dat der Wunsch auch ja in Erfüllung
geht. Änne, wat is uns alles erspart geblieben!

Es ist nichts schwerer zu ertragen, als eine Reihe von üppigen Tagen

Hallo Änne, hier is Lisbeth … na, hasse de Feiertage schön 'rumgekricht?

Dat freut mich … ja, wir auch, aber jetzt is man doch froh, wenn der normale Alltag wieder einkehrt. Gestern ham wer noch Kathrina ihr'n Geburtstag gefeiert … Die Ärmste hat immer auf'm zweiten Weihnachtstag Geburtstag und normal hängt de Familie dann abgeschlafft inne Seile, aber gestern war's wider Erwarten richtig schön, sogar lustig. Kathrina hatte de Familie und 'n paar Freundinnen mit ihre Männer eingeladen und natürlich wat Leckeres auf'n Tisch gestellt, aber keiner hatte so recht Hunger … weil – wie sagen se bei unserm Parick inne Clique immer? „Weihnachten ist, wenn man viel frisst." Änne, kein Respekt vor de Tradition … wenn wir früher sowat gesagt hätten, wir hätten wat hinter de Löffel gekricht.

Jedenfalls waren wer alle satt bis Oberkante Unterlippe

und Anton meinte: „Es ist nichts schwerer zu ertragen, als eine Reihen von üppigen Tagen …dat hat schon Goethe erkannt."

Kreienbaums Ewald mischte sich ein: „Und der berühmte Pastor von Appelhülsen hat seinerseits erkannt: Guet iäten und drinken haolt Liev und Seele bieneene."* Worauf Anton schlagfertig antwortete: „Nach dem Essen sollst du ruh'n oder tausend Schritte tun. Auch wenn's vleicht nich von Goethe is – ich hab mich für's Ruh'n entschieden", und wollte sich verdrücken. Aber da hättest du mal Kathrina erleben solln. „Nix da, heute is mein Geburtstag, ich hab gekocht und gemacht und getan, spülen kannst du … lass dir von Patrick helfen, dat tut dem gut, wenn er früh genug lernt, sich hausfraulich zu betätigen."

Aber Patrick sagte: „Ich muss noch für de Schule lernen …" worauf Yvonne, die ja Bildung gelernt hat, konterte. „Lernen derekt nach'm Essen bringt sowieso nix, weil: Plenus venter non studet libenter". Dat musste se für uns Normalsterbliche natürlich übersetzen: Ein voller Bauch studiert nich gern. „Ab mit euch beiden inne Küche. Und überhaupt fängt de Schule erst am 7. Januar wieder an."

Anton gab nich auf: „Wenn hier mehrfach Klassiker zitiert werden, kann ich zur Abwechslung auch mehrfach den Pastor von Appelhülsen zitieren: Was die Bibel zur Erbauung, ist ein Schnaps für die Verdauung. Also her mit dem Verdauungsschnaps!"

* *Gut essen und trinken hält Leib und Seele zusammen.*

Plötzlich wollten alle 'n Schäpsken, weil – wenn ein geistlicher Herr so ne Empfehlung loslässt, dann muss da wat dran sein.

Änne, ich weiß gar nicht mehr, wie sich dat entwickelt hat, aber plötzlich suchten wer alle nach Sprichwörtern, die mit Essen und Trinken zu tun ham. Da kam ne Mischung zusammen – querbeet. Yvonne klopfte ihre Mutter, also unser Kathrina, anerkennend auffe Schulter: „Mama, du hast dich wieder mal um das Wohl deiner Lieben verdient gemacht nach dem Motto: Es wird mit Recht ein guter Braten gerechnet zu den guten Taten." Wer hat dat gesagt? Wilhelm Busch.

Patrick nahm sich ne Praline von sei'm Weihnachtsteller und fragte: „Darf ich Martin Luther zitieren? Ist aber nich ganz stubenrein?" Und Kathrina: „Mit vollem Munde spricht man nicht – Freiherr von Knigge, und wir wollen jetzt nix hören, wat nich stubenrein is". Tant' Thea sagte den Lieblingsspruch von Onkel Gisbert auf, dat wär ne alte Bauernweisheit: „Speck in Butter braten und mitte Mettwurst ausstippen", – aber dat wurde nich als Sprichwort anerkannt. Wohl aber: „In der allergrößten Not schmeckt die Wurst auch ohne Brot." Worauf Yvonne einfiel: „Apropos Not: In der Not frisst der Teufel Fliegen", und dann ging's Schlag auf Schlag:

„Selber essen macht fett".

„Der Appetit kommt beim Essen".

„Es wird nichts so heiß gegessen wie's gekocht wird."

„Hunger ist der beste Koch".

Dat ging nur so hin und her. Beim Stichwort Hunger

fiel Tant'Thea ein: „Well dat Muul vull hew, de draf üever Smacht nich küeren." Weil nich alle Platt verstehen, hat Tant'Thea de Übersetzung gleich nachgeliefert: „Wer den Mund voll hat darf nicht über Hunger reden." Und hängte noch ein Sprichwort dran: „Wat de Buer nich kennt, dat frätt he nich, also: Was der Bauer nicht kennt, das (fr) isst er nicht." Und Patrick dann: „Die dümmsten Bauern ernten die dicksten Kartoffeln ... darf ich jetzt Martin Luther zitieren?"

„Nein", sagte Kathrina.

„Dann zitiere ich Friedrich von Schiller: Wer nie sein Brot im Bette aß, weiß nicht, wie Krümel pieken".

Mia schüttelte den Kopf.

„Dat steht bei Schiller ganz anders, nämlich: Wer nie sein Brot mit Tränen aß ... und daraus hat Wolfgang Neuss gemacht: Wer nie sein Brot mit Tränen aß, bei Siemens oder Borsig, der kennt das Leid noch lange nicht, der hat es erst noch vor sich."

„Wer is denn Wolfgang Neuss?", fragte Patrick. Dat war ein bekannter Kabarettist, hat Mia ihm erklärt, leider schon lange tot.

Änne, mir fallen gar nicht mehr alle Sprichwörter ein, die da zusammenkamen ... warte mal, wat war dat noch, wat Kreienbaums Elfriede beigetragen hat? Ach ja, wat auf Englisch: „An apple a day keeps the doctor away". Dat heißt sinngemäß, wenn man jeden Tag 'n Appel isst, dann müssen de Doktors bald am Hungertuch nagen.

Rudi Stapelkötter sagte auf mal ganz feierlich: „Mit Milch der frommen Denkungsart, kommt kein Politiker in Fahrt. Das ist von mir."

Anton kuckte ne groß an: „Dat musst du ja wissen, der ne Partei gewählt hat mit momentan drei Milchgesichter anne Spitze", und es sah kurz danach aus, als wenn se sich anne Köppe krichten, aber Tant'Thea rettete de Situation. „,Iät die vull und suup die dick und hoal dien Muul von Politik.'* Uralte Volksweisheit."

Und Kathrina sagte zu Anton: „Warum seid ihr noch immer nich inne Küche, du und Patrick?"

„Weil mir noch 'n rheinländisches Sprichwort in Sachen Essen und Trinken eingefallen is: Ätze, Bunne, Linse, die bringen de Aasch zum Grinse."

„Hab ich nicht verstanden", sagte Tant`Thea.

„Das macht nichts", sagte Kathrina „aber ich möchte es nicht übersetzen."

Jetzt war aber unsern Patrick nich mehr zu bremsen: „Wenn Papa Sprichwörter aufsagen darf, die nich stubenrein sind, dann will ich endlich auch Martin Luther zitieren dürfen: Warum rülpset und furzet ihr nicht? Hat es euch nicht geschmacket?" Und er schlug sich vor Vergnügen auffe Schenkel.

Tant'Thea war fassungslos. „Sowas hat Martin Luther gesagt? Der soll doch sonst ein frommer Mann gewesen sein."

„Ja", sagte Elfriede, „aber evangelisch – sei froh, dat du katholisch bist".

Und da mussten wer alle schrecklich lachen.

* *„Iss Dich voll und sauf Dich dick und halt den Mund von Politik."*

Tant'Thea sagte: „Ich kann sogar ein katholisches Sprichwort: Usse Herrgott weet alls, aower nich, wat de Metzger inne Wuorst döt."

Dat hatten sogar die verstanden, die kein Platt können. Anton, der sich offensichtlich nicht nur *ein* Verdaungsschnäpsken gegönnt hatte, erhob sich leicht schwankend. „Ich zitiere Bertold Brecht:

Eins-zwei-drei-vier – Vater braucht ein Bier.

Vier-drei-zwei-eins – Mutter braucht keins."

„Verdünnisiert euch endlich inne Küche", rief Kathrina und tat so, als wenn se böse wär. Patrick griff noch mal in seinen bunten Weihnachtsteller und steckte sich wat inne Hosentasche. „Hattu Haschisch in den Taschen hattu immer waschu naschen. Häschenwitz! Papa, komm, wir gehen." Und weg waren se.

Danach ham wir alle uns noch'n Schnäpsken einschenken lassen. Kathrina sagte, se hätte noch nie so'n geistreichen zweiten Weihnachtstag und Geburtstag gefeiert … aber wie dat so is: Änne, seitdem bin ich in Gedanken immer noch am Sprichwörter suchen vom Essen und Trinken … mir is nur noch eingefallen „Red' kein'n Quatsch mit Soße". Dat is zwar kein Sprichwort, aber ne kluge Redewendung, die man ruhig öfter anwenden sollte …

Oh Tannenbaum, oh Tannenbaum, wie grün sind deine Nadeln

Hallo Änne, hier is Lisbeth ... hörst du die Musik im Hintergrund? Schön, nich?

Barockmusik ... die CD lasse ich wohl 10 x am Tag laufen ... extra für mein'n Tannenbaum, dat der sich länger hält.

Wie bitte? Ich hätte se nich alle auffem Christbaum? Änne, dat würdest du nich sagen, wenn du dat Buch gelesen hättest, wat ich von unsern Patrick zu Weihnachten gekricht habe. Erst, wie ich mir den Titel so bekuckte, da dachte ich auch: Gott, wat is dem Jungen denn da wieder eingefallen? „Sprich mit deinen Pflanzen." Dat klingt doch nach Esoterik ... als wenn irgendein Wald-und-Wiesen-Heini sich wieder wat aus de Finger gesaugt hätte, um 'n paar Euro zu verdienen. Aber dann hab ich angefangen zu lesen, und ... wat soll ich sagen? Es fiel mir wie Schuppen vonne Haare.

Dat Buch hat ein leibhaftiger Biologie-Professor in Amerika verfasst … Änne, der unterrichtet sogar an eine Universität. Und dat hat ihn und sein Team Jahre ernsthafte Forschungszeit und ne Menge Geld gekostet, bis se rausgefunden ham, dat allein der grüne Daumen von Blumenliebhabern und täglich gießen und regelmäßig düngen nix nutzen. Pflanzen entfalten ihre Schönheit erst richtig, wenn man gut zu denen ist. Und zum Gutsein gehört eben auch, dat man ihnen schöne Musik vorspielt. Dat steht da schwarz auf weiß! Wenn man denen oft genug schöne Musik vorspielt, könnte man sogar auf Dünger verzichten. Und der Tannenbaum behält länger seine Nadeln. Wat sagst du jetzt?! Änne, es gibt Dinge zwischen Himmel und Erde, da schnallst du ab.

Wie bitte? Natürlich wollen de meisten Pflanzen, auch Tannenbäume, keinen Techno-Schrott oder Heavy Metal oder Disco-Gejohle hören, auch nich dies Gedudel aussem Musikanten-Stadel, is klar. Es müsste mehr so wat sein in Richtung Mozart oder Beethoven … Bach geht auch – tüdelüüt – gerade inne Weihnachtszeit. Speziell bei Bach bleiben besonders Nordmanntannen länger frisch und man hat mehr davon. Aber man soll auch mit sei'm Baum sprechen und ihn loben. „Du bist der Allerschönste". Noch wirksamer wär's, wenn man ihm dat vorsingt: „Baum, wat bist du schön, Baum, wat bist du schön, so was hab ich lange nich geseh'n, so schön, so schön …" Und wenn er dann doch nadelt, nich gleich anschreien: „Wat machst du hier für'n Dreck? Morgen fliegst du raus!" Nämlich dat deprimiert ihn und er nadelt nur noch mehr. Lieber sofort wieder Barockmusik auflegen …

Ein Kapitel in dem Buch handelt auch vom Weihnachts-kaktus, woran dat liegt, dat er fast nie zu Weihnachten, sondern immer entweder zu früh oder zu spät blüht, wenn kein Mensch in weihnachtliche Stimmung is. Es gäb ganz extrem sensible Sorten, die da drauf reagieren, wenn man ihnen so im Vorbeigehen Komplimente macht, sagt der Professor, am besten auch gesungen:

„Mein lieber roter Kaktus,
du blühst so wunderschön,
holderi, holdera, holdero."

Dat speichert die Pflanze, weil sie hat auch eine Seele und kann traurig und deprimiert sein, und dann wirft se womöglich schon nach einem Tag   de Blüten ab. Aber wenn se lebensfroh und glücklich ist, dann blüht se noch inne hinterste Ecke vom dunklen Flur. Aber den Weih-nachtskaktus nich neben ein'n Christstern platzieren – der is zu knallfarbig und der Kaktus verblasst vor Neid.

Es käme auch drauf an – dat hat einer aus dem For-schungsteam vom Professor rausgefunden – wat man sei'm Weihnachtskaktus für'n Übertopf gönnt. Auf keinen Fall ein'n blassrosa Weihnachtskaktus in ein'n quittegelben Übertopf stellen, womöglich noch mit ne ebenfalls quit-tegelbe Schleife drumzu. Das hält kein Kaktus aus, und wenn du ihm noch so viele Komplimente vorsingst.

Änne, du siehst, es ist ein ganz neuer Blick auffe Bo-tanik angesagt. Aber 10 x am Tag Barockmusik rauf und runter, nur seinem Tannenbaum zuliebe? Puh ... Yvonne hat mir de neueste CD von Udo Jürgens geschenkt, die leg ich ab morgen auf, mal sehen, ob der Baum davon nadelt. O je, hoffentlich hat er dat nich gehört ...

Frohes Fest — danke gleichfalls

Hallo Änne, hier is Lisbeth. Also dies Jahr muß Weihnachten der absolute Knaller werden, ein Mega-Fest sozusagen. Warum? Weil so oft wie dieses Jahr ham se mir noch nie frohes Fest oder schöne Feiertage gewünscht ... demnach müsste dat mittem Deibel zugehn, wenn dat nich ein Ultra-Top-erste-Sahne-Weihnachtsfest wird. Dat fing schon Ende Oktober an, so wie se dir beim Einkaufen Donnerstags immer schon „schönes Wochenende" hinterherrufen.

Müllers Nelli war de erste. Wir hatten uns auffem Markt getroffen und ein kurzes Schwätzchen gehalten. Beim Weggehn drückt se mir de Hand, kuckt mir tief inne Augen und sagt mit schicksalsschwere Stimme: „Is zwar noch etwas früh, aber falls wir uns nich mehr sehen sollten — schöne Feiertage."

Die nächste war Mitte November die Verkäuferin im Schuhladen, wo ich mir dicke Pantoffeln gekauft hatte: „Frohe Feiertage." Dann die Friseuse nache Dauerwelle: „Frohe Feiertage." Ab ersten Adventssonntag gings inne

Apotheke los: „Frohe Feiertage." Dat die ein'm nich gesunde Feiertage wünschen, liegt auffe Hand. Dann anne Tankstelle: „Frohe Feiertage." Und jetzt geht dat Schlag auf Schlag: beim Metzger, beim Bäcker, anne Kasse vom Supermarkt, inne Reinigung, bei de Fußpflege ... und ich sag denn immer: „Danke gleichfalls." Beim Kartoffelmann, inne Lottoannahme-Stelle, im Coffee-Shop „Frohe Feiertage." „Danke gleichfalls."

Der letzte mit „Frohe und gesegnete Weihnachten" is immer der Papst auffem ersten Feiertag im Fernsehen. Da kann ich mir mein „Danke gleichfalls" natürlich sparen. Auffem zweiten Feiertag kommen schon die sich für Witzbolde halten mit „Frohen Rest" oder „Wünsche frohe Feiertage verlebt zu haben." „Danke gleichfalls." Und denn natürlich die Neujahrswünsche: „Alles Gute im neuen Jahr." „Danke gleichfalls." Dat geht so bis Ende Januar mit Variationen: „Hab ich dir schon ein gutes neues Jahr gewünscht? Noch ham wer 335 Tage, und gute Wünsche kann man immer brauchen, hahaha." „Danke gleichfalls."

Änne, glaubst du, dat wär mir auch nur einmal geglückt, dat ich die Erste war mit gute Wünsche? Mir bleibt immer nur „Danke gleichfalls". Aber dat schwör ich dir: dieses Jahr bin ich mal schneller! Derekt nach Ostern fang ich an und nerv de andern mit „Frohe Pfingsten!"

Rezepte

Avocadotatar

(aus: *Eine glückselige WEINnacht*)
— für sechs Personen —

• *3 reife Avocados*
• *Saft von einer Zitrone, wenig Walnussöl (oder anderes)*
• *Salz, Pfeffer, einen Teelöffel mittelscharfen Senf*
• *etwas Tabasco oder Cayennepfeffer*
• *eine (gehäutete) Tomate, zwei hartgekochte Eier*
• *ein Bündchen Schnittlauch, etwas Petersilie*
• *eine kleine Knoblauchzehe, fein gehackt*

Die Avocados halbieren und den Stein entnehmen, das Fruchtfleisch herauslösen und vorsichtig in Würfelchen hacken (Es soll kein Mus entstehen). Zitronensaft und Öl mischen, alle Gewürze hinzufügen und die Avocadostücke sorgfältig unterheben (Dieses sollte schnell geschehen, weil die Avocados sich sonst verfärben). Aus der Tomate den Saft und die Kerne entfernen, das Fruchtfleisch kleinschneiden, mit den gehackten Eiern, den Schnittlauchröllchen und dem Knoblauch vermengen, mit den Avocadostückchen mischen. Mit Salz und Pfeffer und Worcestershiresauce abschmecken. Sechs Teller mit ev. unterschiedlichen Salatblättern belegen und das Avocadotatar und mit z. B. Lachs darauf anrichten. Nach Belieben und Geschmack mit Petersilie u. a. dekorieren. Dazu Toast oder Baguette reichen.

Hirschragout à la Reinhilde

(aus: *Eine glückselige WEINnacht*)
— für sechs bis acht Personen —

* *1.500 g Hirschfleisch, schier, am besten Hals oder Schulter*
* *100 g fetten und 100 g durchwachsenen Rauchspeck*
* *ca. 200 g Gemüse (Zwiebel, Sellerie, Möhren)*
* *¾ l Rotwein oder Wildbrühe*
* *1 Lorbeerblatt, 2 Nelken, 5 – 8 Wacholderbeeren*
* *200 g Pfifferlinge (aus der Tiefkühltruhe)*

Den Speck im heißen Schmortopf anrösten, das zerkleinerte Gemüse kurz mitrösten, dann das in Würfel geschnittene, leicht mit Mehl bestäubte Fleisch hinzufügen und bei starker Hitze ebenfalls Farbe nehmen lassen. Erst dann den Wein bzw. die Wildbrühe angießen, die zerdrückten Wacholderbeeren sowie Nelken und Lorbeerblatt hinzufügen. Zugedeckt auf kleinem Feuer langsam weich dünsten (je nach Fleischqualität mind. 1 ½ Stunden). Mit Salz und geschrotetem Pfeffer abschmecken. Zehn Minuten vor dem Ende der Garzeit die unaufgetauten Pfifferlinge mitgaren. Wenn die entstandene Soße zu dünn ist, nach Belieben mit Soßenbinder oder – besser – mit einem Esslöffel Mehl, in Sahne verquirlt, binden.

(Reinhilde fügt zum Schluss immer noch zwei Esslöffel Preiselbeeren oder Johannisbeergelee zu – hm!)

Rinderrouladen à la Kathrina

(aus: *Weihnachten hier und annerswo*)
— pro Person eine Roulade —

• *Rouladen*
• *pro Roulade eine Scheibe Schinkenspeck*
• *pro Roulade eine Gewürzgurke*
• *zwei große Zwiebeln*
• *einen halben Liter Rindsboullion*

Die vom Metzger zugeschnittenen Rinderrouladen von beiden Seiten leicht klopfen und pfeffern und salzen, dann von einer Seite dünn mit Senf einstreichen, mit ein oder zwei dünnen Scheiben Schinkenspeck und einer Gewürzgurke belegen, einrollen und mit einem Zahnstocher feststecken.

In einem Schmortopf einen Esslöffel Palmin o. ä. erhitzen und die grob zerhackten Zwiebeln darin Farbe nehmen lassen. Nebenbei in einer Bratpfanne die Rouladen eine nach der anderen, ebenfalls in Fett, schön braun anbraten, zu den goldgelben Zwiebelstücken geben, mit reichlich heißer Rindsbouillon löschen (ausnahmsweise ist eine Fertigmischung von Knorr oder Maggi erlaubt), den Deckel auflegen und ca. 1 ½ Stunde garen. Die Bratflüssigkeit mit Soßenbinder oder mit in Wasser angerührtem Mehl und einem Schuss Sahne binden und mit Paprika kräftig abschmecken.

Wenn ein Schnellkochtopf zur Hand ist, verkürzt sich die Garzeit auf max. zwanzig Minuten.

Es ist lohnend, ein paar zusätzliche Rouladen auf Vorrat zuzubereiten und für eine weitere Mahlzeit einzufrieren.

Sauerbraten

(aus: *Stille Nacht light*)
— für sechs bis acht Personen —

- *1.500 g schieren Rinderbraten (Hüfte oder Oberschale)*
- *ca. 1 l Weinbeize*
- *Salz, Mehl.*

Für die Beize ½ bis 1 l trockenen Rotwein mit etwas Wasser und einer ½ Tasse guten Weinessig vermischen. Eine in Ringe geschnittene mittelgroße Zwiebel, ein Lorbeerblatt, 10 Pfefferkörner, 10 Wacholderbeeren, 2 Nelken, eine kleingeschnittene Möhre und drei Stängel Petersilie zufügen. In diese Beize legt man das Fleisch und lässt es ca. 4 – 6 Tage durchziehen, wobei es täglich gewendet werden muss, damit das Fleisch von allen Seiten mit der Beize in Berührung kommt. Dazu eignet sich eine große Schüssel mit Deckel oder aber ein stabiler, fest verschlossener Plastikbeutel, der das tägliche Wenden vereinfacht.

Vor dem Braten wird das Fleisch sorgfältig abgetrocknet, in einem geeigneten Schmortopf im heißen Fett angebraten, gesalzen, mit etwas Mehl bestäubt und unter Zugabe von heißem Wasser und etwa einem Drittel der durchgesiebten Beize ca. 2 ½ – 3 Stunden weichgeschmort. Nach Belieben kann man in der letzten Viertelstunde eine gute Handvoll Rosinen mitschmoren lassen, was der Soße eine süß-säuerliche Note gibt.

Für die Soße nimmt man das Fleisch aus dem Brattopf und stellt es warm, löst den Bratenfond mit Brühe und soviel Marinade, dass sie zwar pikant, aber nicht zu sauer schmeckt. Ev. mit einem Löffel Mehl, in Sahne glatt gerührt, etwas andicken.

Das Fleisch in ca. einen Zentimeter dicke Scheiben schneiden und mit der Soße zu Knödeln oder Salzkartoffeln reichen.

Weihnachtsgans

(aus: *Friede, Freude, frohes Fest?*)
— für sechs bis acht Personen —

- *eine bratfertige Gans (ca. 6 kg)*
- *Salz, Pfeffer*
- *500 g säuerliche Äpfel*
- *3 mittelgroße Zwiebeln*
- *1 Zweig Beifuß oder 1 Teelöffel getrockneten Beifuss*

Die Gans innen und außen salzen und etwas pfeffern, mit den ungeschälten, in Viertel geschnittenen, entkernten Äpfeln, dem Zweig Beifuß und den in Achtel geschnittenen Zwiebeln füllen. Zunähen und mit der Brustseite nach unten in einen Bräter legen. Mit einem halben Liter heißem Wasser begießen (höchstens 5 cm hoch), den Deckel auflegen, in den vorgeheizten Backofen schieben und bei 160 bis 180 ° langsam braten, insgesamt etwa drei Stunden. Nach anderthalb Stunden die Gans wenden und von der anderen Seite Farbe nehmen lassen. Wenn sie leicht gebräunt und weich ist, aus dem Bräter nehmen, auf den Bratrost legen, den Grill anstellen und auf allen Seiten schön knusprig braun werden lassen.

(Falls man keinen Grill im Backofen hat, die Garflüssigkeit in einen Kochtopf abgießen und die Gans in etwa 20 min. bei starker Oberhitze ohne Deckel bräunen.)

In der Zwischenzeit die Soße zubereiten, d. h. die verbliebene Flüssigkeit etwas entfetten, mit 3 – 4 Esslöffeln Apfelmus (!) binden, ev. noch etwas Fleischbrühe (Päckchen) zufügen. Man braucht für sechs Personen etwa ½ bis ¾ l Soße.

Die Gans am Tisch zerlegen. Dabei die Apfel/Zwiebel-Füllung entnehmen, leicht salzen und pfeffern und als Beilage servieren. Sonstige Beilagen:

Salzkartoffeln oder Klöße und Rotkraut. Das abgeschöpfte Fett erkalten lassen und leicht gesalzen auf eine Scheibe Brot streichen – hm!

Apfelschnee

(aus: *Stille Nacht light*)
— für sechs Personen —

- *6 große Äpfel, geschält, entkernt und fein geraspelt*
- *2 Esslöffel Zitronensaft*
- *6 Esslöffel Zucker*
- *1 Vanillezucker*
- *1 gestr. Teelöffel Zimt*
- *3 Esslöffel Orangenlikör (nach Belieben)*
- *250 g Quark*
- *2 Eiweiß*

Die vorbereiteten Äpfel sofort mit dem Zitronensaft mischen, um ein Verfärben der Äpfel zu vermeiden. Nach und nach die anderen Zutaten beimengen (den Quark vorher einmal glattrühren). Zum Schluss den steifgeschlagenen Eischnee leicht unterziehen. In Glasschälchen füllen, nach Belieben mit geraspelten, gerösteten Haselnüssen oder Krokant oder Mandelblättchen bestreuen.

Marzipankartoffeln

(aus: *Weihnachten ohne Geschenke?*)

* *500 g geschälte Mandeln sehr fein reiben, mit*
* *500 g Puderzucker,*
* *5 – 6 El Rosenwasser (Apotheke) und*
* *1/3 Fläschchen Bittermandelaroma vermischen*

Alle Zutaten in einem Kochtopf bei geringer Hitze unter ständigem Rühren erwärmen, bis sich die Masse zusammenballt. Das erkaltete Marzipan zu einer Rolle formen, Stücke von unterschiedlicher Größe abschneiden und zu „Kartoffeln" rollen. Zuletzt in süßem Kakaopulver wälzen.

(Kinder lieben es, den Kartoffeln mit einem Zahnstocher „Augen" zu geben.)

Mousse aux Framboises (Himbeermousse)

(aus: *Eine glückselige WEINnacht*)
— für sechs Personen —

- *500 g frische Himbeeren (oder gefrorene, aufgetaut)*
- *Saft einer halben Zitrone*
- *2 Esslöffel Kirschwasser*
- *5 Blatt weiße oder rote Gelatine*
- *200 g frische Schlagsahne*
- *1 Päckchen Sahnesteif*
- *2 sehr steif geschlagene Eiweiß*
- *1 Prise Salz*
- *8 Esslöffel Puderzucker*

Die Himbeeren in einem geeigneten Gefäß mit dem Saft der Zitrone vermengen und ½ Stunde durchziehen lassen, dann pürieren und durch ein Sieb streichen, das Kirschwasser zufügen.

Die Gelatineblätter nach Gebrauchsanweisung auf dem Päckchen flüssig werden lassen, sorgfältig unter das Himbeerpüree heben und ca. 20 min in eine Schüssel mit kaltem Wasser stellen. Wenn die Masse beginnt fest zu werden, gleichmäßig unterrühren, wobei darauf zu achten ist, dass sich keine Klümpchen bilden.

Die Sahne sehr steif schlagen, mit Sahnesteif mischen und unter die Himbeermasse heben, ebenso das Eiweiß, dem 1 Prise Salz beigemischt wird. Zum Schluss den Puderzucker löffelweise unter den Eischnee ziehen und mit den Himbeeren vermengen. Mindestens 6 Stunden kühl stellen. Vor dem Servieren mit Minzeblättchen o. ä. dekorieren.

Reinhilde reicht außerdem etwas halbflüssig geschlagene, mit Vanille parfümierte Sahne dazu.

Mousse aux Noisettes (Haselnussmousse)

(aus: *Eine glückselige WEINnacht*)
— für sechs Personen —

* *100 g Haselnüsse*
* *100 g Zucker*
* *4 Eier (trennen)*
* *80 g geriebene Schokolade*
* *½ l frische Sahne*
* *1 Päckchen Sahnesteif*

Die Haselnüsse auf einem geölten Backblech im Backofen hellgelb rösten und die geplatzten Häutchen entfernen. Nach dem Erkalten mit 50 g Zucker im Blitzhacker oder in der Mandelmühle fein mahlen.

Das Eigelb mit dem restlichen Zucker schaumig rühren. Das Eiweiß zu steifem Schnee schlagen und vorsichtig zu der Eigelb-Zucker-Masse geben, ebenso die geriebene Schokolade, die gemahlenen Nüsse und die mit Sahnesteif geschlagene Sahne. Erst kurz vor dem Anrichten auf Glasteller verteilen oder in einer hübschen Schüssel auf den Tisch bringen.

Spekulatius

(aus: *Spekulatius und Springerle*)

- *500 g Weizenmehl (Bio, Type 5o5)*
- *2 Teelöffel Backpulver*
- *250 g Zucker, 1 Vanillezucker*
- *2 ganze Eier*
- *200 g Butter*
- *wenig abgeriebene Zitrone*
- *2 Messersp. Cardamom*
- *2 Nelken*
- *1 gestr. Teelöffel Zimt*
- *nach Belieben etwas geriebene Muskatnuss*

Die angegebenen Zutaten zu einem festen Teig verarbeiten und einige Tage zugedeckt kühl stellen. (Die Aromen der Gewürze entfalten sich so besser.)

Beim Ausformen des Teigs mit der Spekulatiusmodel darauf achten, dass das Holz immer gut bemehlt ist.

Man kann sich die Arbeit erleichtern und mit Ausstechformen verschiedene Motive ausstechen. Dazu den Teig auf bemehlter Arbeitsfläche ca, 2 – 3 mm dick ausrollen, Plätzchen ausstechen und (am besten auf Backpapier) ca. 12 Minuten bei 160°– 170° hellbraun backen.

Spitzbuben

(aus: *Spekulatius und Springerle*)

- *200 g Butter*
- *120 g Zucker*
- *1 Eiweiß*
- *1 Teel. Vanillezucker*
- *350 g Mehl*

Diese Zutaten zu einem Knetteig verarbeiten und 1/2 Stunde kühlstellen.

Auf bemehlter Fläche ca. 2 mm dick ausrollen und runde Plätzchen ausstechen, aus der halben Menge in der Mitte ca. pfenniggroße Löcher ausstechen. 8-10 Minuten bei Mittelhitze hellgelb backen.

Nach dem Erkalten die runden Plätzchen umdrehen, mit roter oder gelber Marmelade bestreichen, mit den mit einem Loch versehenen Plätzchen bedecken. Mit Puderzucker bestreuen.

Springerle

(aus: *Spekulatius und Springerle*)

- *4 mittelgroße Eier*
- *500 g Zucker, 1 Prise Salz*
- *1 1/2 Esslöffel Anis, ganz*
- *1 Esslöffel Kirschwasser, nach Belieben*
- *500 g Weizenmehl (Bio, Type 505)*

Eier und Zucker mit dem Mixer sehr gut schaumig rühren, erst dann die übrigen Zutaten daruntermischen und leicht zusammenkneten. Aus dem Teig Rollen mit ca. 1 ½ cm Durchmesser formen, in 5 cm lange Stücke schneiden (schräg), diese 2 – 3 x ebenfalls schräg leicht einschneiden und zu Hörnchen formen. Auf Backbleche legen und möglichst über Nacht an einem kühlen Ort (Keller o. ä.) trocknen lassen. Anderntags bei schwacher Hitze (140°) ca. 20 min. backen. (Sie bekommen während dieser Zeit „Füßchen", daher der Name Springerle). Die „Füßchen" sollen nur leicht gebräunt sein, die Oberfläche muss weiß bleiben.

Man kann, falls zur Hand, auch Springerle-Modeln benutzen. Dazu den Teig etwa 1 ½ cm dick ausrollen, die gut bemehlten Modeln fest aufdrücken, ausschneiden und ebenfalls über Nacht trocknen lassen. Backen wie oben beschrieben.

Spritzgebäck

(aus: *Weihnachten am 24. September*)

- *250 g Butter*
- *250 g Zucker*
- *1 Esslöffel Vanillezucker*
- *1 ganzes Ei und 1 Eigelb*
- *500 g Mehl, 1 Teelöffel Backpulver*

Einen festen Teig herstellen, ca. 1 Stunde kühlstellen, mit dem Spritzgebäck-Aufsatz des Fleischwolfs oder einer handelsüblichen Gebäckpresse ausformen und bei 175 ° ca. 15 Minuten backen.

Vanillekipferl

(aus: *Friede, Freude, frohes Fest?*)

* *280 g Mehl*
* *210 g Butter*
* *70 g gerieben Mandeln*
* *70 Zucker*
* *1 Vanillezucker und Puderzucker zum Bestreuen*

Aus den o.g. Zutaten einen Teig kneten und 1 Stunde kühl stellen. Dann Rollen von1 ½ ca. cm Durchmesser formen und 1 cm Stücke abschneiden. Zwischen den Händen rasch zu ca 4 – 5 cm langen Kipferln formen, auf mit Backpapier ausgelegte Bleche legen und hellgelb abbacken, ca. 12 min. bei 160 ° Umluft.

Eine halbe echte Vanilleschote in kleine Stücke schneiden und im Mixer (Blitzhacker o. ä.) zusammen mit 200 g Zucker zu Puderzucker mahlen. Mit dieser Mischung die soeben mit dem Backpapier aus dem Ofen genommenen Kipferl reichlich bestreuen, am besten mit Hilfe eines feinen Kaffeesiebes. Erst ganz erkaltet in gut schließende Dosen oder Gläser legen.

Die Reste der kleingeschnittenen Vanillestange, die vom Mixer nicht ganz erfasst wurden, mit Puderzucker in einem Glas mit Deckel aufbewahren; Duft und Aroma bleiben noch lange erhalten.

»Und wer eine
witzige Büttrede
für Karneval
sucht, wird
hier garantiert
fündig!«

**Landwirtschaftliches
Wochenblatt**

Lisbeth beobachtet
aufmerksam alltägliche
Begebenheiten und natürlich
ihre Nachbarschaft und
gibt alles brühwarm an ihre
Freundin Änne weiter.
50 dieser Telefonate sind hier
versammelt zum Nachlesen,
Wiederentdecken und
Schmökern.

Usch Hollmann:
Hallo Änne, hier is Lisbeth ...
Solibro Verlag 8. A. 2012
[humoris causa Bd. 2]
ISBN 978-39802540-6-9
TB • 160 Seiten

mehr **Infos & Leseproben**:
www.solibro.de

Lisbeth lässt sich genüsslich aus über das »Eheglück« ihrer Mitmenschen: über rauchende und schnarchende Gatten, über die Qual, ihnen neue Klamotten kaufen zu müssen und, und, und.

Lisbeths Geschichten gehören auf jedes Nachtschränkchen oder stille Örtchen, wenigstens auf das des heimwehkranken Münsterländers, »dat der auch inne Fremde wat vonne aktuelle westfälische Kultur erfährt«.

Usch Hollmann:
Wat is uns alles erspart geblieben!
Solibro Verlag 3. A. 2009
[humoris causa Bd. 4]
ISBN: 978-3-932927-13-3
TB • 144 Seiten

mehr **Infos & Leseproben:**
www.solibro.de

Nicht nur über das unerschöpfliche Thema »Männer« plaudern Lisbeth und Änne wieder ausgiebig.

Wie dieses dritte Lisbeth-Buch beweist, ist Lisbeths Lust am Telefonieren ungebrochen. Seit die Telefongesellschaften ihre Gebühren im Laufe der Zeit gesenkt haben, sind ihre vertraulichen Gespräche mit Busenfreundin Änne noch häufiger und noch länger geworden.

Usch Hollmann:
Dat muss aber unter uns bleiben!
Solibro Verlag 2006
[humoris causa Bd. 7]
ISBN 3-932927-31-7
TB • 128 Seiten

mehr **Infos & Leseproben:**
www.solibro.de

»... ein absolutes
Lesevergnügen.
Hochamüsant!«

Frau im Spiegel

»Aber das wär' doch
nicht nötig gewesen!«

Jeder hat diese stereotype Floskel
schon gehört, wenn die scheinbar
überraschten Gastgeber das mit-
gebrachte Geschenk in Empfang
nehmen. Für Usch Hollmann der
ergiebige Aufhänger für sechs Geschichten, in denen sich alles um
Feste, Feiern, Feten und entsprechende Mitbringsel dreht.

Usch Hollmann:
**Aber das wär' doch nicht
nötig gewesen!** Heitere
Geschichten vom Feiern
Solibro Verlag 2008
[humoris causa Bd. 9]
ISBN: 978-3-932927-41-6
Broschur • 144 Seiten

mehr Infos & Leseproben:
www.solibro.de